KB006146

아이고, 오늘도 입을 옷이 없네!!

김현경

손현녕

송재은

티셔츠 한 장을 골라 입으며,

떠올랐던 그때의 기억.

이야기 순서

1

송재은의 옷장

2

김현경의 옷장

3

손현녕의 옷장

펴내는 말

옷장을 열면, 기억과 사람이 떠올라 하고 싶은 말이 많아집니다. 옷 하나가 한 편의 이야기처럼 느껴집니다. 추억의 냄새가 묻은 옷을 껴입고 있으면 혼자가 아닌 기분입니다. 그리운 얼굴과 그리운 시간이 옷장에 가득 구겨져 있어요. 그 이야기들을 하나씩 꺼내 다리고 펼쳐 한 편의 이야기로 차곡차곡 쌓았습니다.

누구나 어떤 경로로든 옷을 고르고 그 옷을 입고 말을 하고 사람을 만나겠지요. 그동안 켜켜이 삶의 층을 이루는 장면들 사이에 함께 한 옷을 떠올릴 수 있나요? 추억을 되새기는 하는 일에는 어떤 가치가 있는지 생각합니다. 옷장에서 옷을 꺼내듯, 기억에서 당신들을 꺼내 읽는 것은 우리의 지난한 삶에 빛나는 순간들이 있다는 걸 잊지 않게 해주는 것 같습니다.

오늘의 나날이 휘발되지 않도록 기록하고, 또 누군가의 추억을 매만지는 이야기가 되면 좋겠습니다. 전혀 다른 삶을 살아가는 사람들이 저마다의 옷장을 열어 자신이 사랑했던 순간들을 다시 만날 수 있기를, 그 옷을 다시 입고 포근한 날씨를 맞이하기를 바랍니다.

어느 환절기에,
재은과 현경 드림.

송재은의 옷장

·

"사람도 옷처럼 입을 수 있다.
타인의 표정, 행동, 말투, 취향을 입는다.
내가 사랑하던 것들을 여전히 사랑하면서."

·

정확한 사이즈의 옷 입기.

스트레스 푸는 법.

당신의 옷장을 열며.

무채색의 인간.

나에게 남은 것.

일단 살아보는 것.

잃어버린 것들의 세계.

이곳이 아닌 다른 곳.

안티 소셜 소셜 클럽.

아이고, 오늘도 입을 옷이 없네.

정확한 사이즈의 옷 입기.

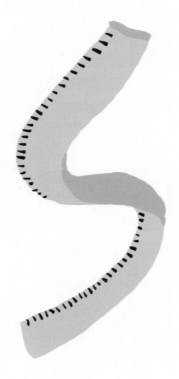

어릴 적부터 내 몸에 맞는 것을 잘 못 찾았다. 위아래 속옷부터 신발, 양말, 바지의 허리 둘레나 길이, 상의 어깨선, 품까지. 애초에 맞지 않는 옷의 소매를 접고, 바지를 걷고, 허리를 내리고, 신발 끈을 조였다. 어느 정도의 불편함은 늘 참았다. 신발장에는 235mm부터 250mm까지 있었다. 브랜드별 차이 탓이 아니라 발크기를 잘 몰라서 그랬다. 나에게 맞는 사이즈의 느낌을 가늠하는 게 어려웠다. 신발가게 점원마다 고무줄처럼 늘어났다가 줄어드는 '이 정도면 맞는 것'의 정도를 은근하게 불신하면서, 하지만 소심한 데다 거절도 잘 못해서 그 의심을 드러내지는 못하고 한두 번 신어보고는 신발을 샀다.

관계에서는 어땠나. 지금도 잘 못하기는 마찬가지지만 중학교를 마칠 때까지도 지속 가능한 관계를 맺지는 못했다. 나쁜 사이는 아니지만 굳이 연락할 만한 친구도 안 남았고, 조금 중요한 사람이 되기까지의 선을 넘는 친구 관계없이, 학년이 올라가면서 반이 갈라지면 학기 초 잠깐 외에는 다시 찾을 필요를 못 느끼는 친구들. 좋은 관계인 건 맞는데, 서로 천천히 호감을 잃어가는 사이. 아쉽지만 회복을 위해 애쓰고 싶지는 않은 정도의. 이후에 만난 중에서도 돌아서자 곧 아무 상관 없어진 사람을 많이 만났다. 어떤 사람이 나랑 잘 맞는지, 그렇지 않은지, 내가 가진 저울은 기준이 되는 제자리에 멈추지 못하고 계속 흔들리는 망가진 추가 들어있는 것 같았다. 서로에게 소중해지는 관계는 어떻게 생기는지 잘 모르겠다는 생각을 하면서, 나는 자꾸 안 맞는 옷을 입어보느라 지쳐갔다.

잘 입던 옷이 어느 날인가 옷장에서 눈에 띄지 않고, 작년까지만 해도 잘 입었는데 영 손이 안 가는 것처럼. 어떤 이유로든 나에게 더 이상 맞지 않는 옷, 낡아버린 옷, 혹은 환경이 바뀌어 그 자체로 하자를 갖게 되어버린 옷. 관계도 마찬가지였다. 맞다가도 맞지 않게 되고, 그것은 언제는 내 변덕이기도 했고, 옷의 문제기도 했다. 사실 우유부단한 탓인지도 모른다. 마음도 없이 옷장에, 내 삶에 들인 것들을 이제 와 어쩔 줄 모르는 인간인 것뿐인지도.

　한동안 잠잠하다가 한 번씩 온라인 쇼핑몰에서 별의별 옷을 비롯해 잡다한 물건을 사는 소비 습관은 나라는 사람을 그대로 대변하는 것 같다. 관계가 지치고 질릴 때면 조용히 사라졌다가, 다시 관계의 최전선에 뛰어들어 별의별 사람을 만나고 다시 사그라드는. 안 맞는 신발을 참고 신고, 안 맞는 옷에 나를 욱여넣거나 후줄근한 채로 살면서 나는 그냥 필요에 의해서 적당한 사이즈에 맞춰 사는 사람. 그 정도로 나를 대했던 것 같다.

　정확한 사이즈를 찾으려고 애쓰지 않은 것이 나라는 사람을 계속 소모하기도 했다. 나는 불편함을 안고 사느라 지쳤고, 환경을 따라 이상하게 자랐고, 또 휘었다. 반면에 내 주변도 휘어지게 만들면서 바른 방향으로 가려고 애쓰는 날도 많았다. 지금은 나에게 맞는 사이즈를 전보다는 잘 고른다. 나를 더 잘 알게 되었다고 말할 수도 있겠지만, 결국 많이 배웠기 때문이다. 이만큼 할 수 있게 되기까지 남보다 더 많이 틀렸을지도 모른다는 생각이 들지만, 어쨌든 시행착오를 겪으며 알게 된 것들의 합으로 나에게 맞는 것을 찾아간다. 여전히 잘못 사고도 버리지 못하는 것투성이에 원하지 않으면서도 원하는 모호한 관계투성이지만, 나를 잘 알게 된다고 해도 그런 실수나 실패가 사라지지는 않을 것이다. 그건 그냥 성격의 문제일 가능성이 높을 테니까. 그러니 나는 나를 잘 알게 되었다기보다는 삶에 적응했고, 처세가 는 것일뿐인지도.

° 마음도 없이 옷장에, 내 삶에 들인 것들을
  이제와 어쩔 줄 모르는 인간인 것뿐인지도.

° 나를 더 잘 알게 되었다고 말할 수도 있겠지만,
  결국 많이 배웠기 때문이다.

스트레스 푸는 법.

일반쓰레기 봉투를 준비한다. 가볍게 기분 전환을 한다면 10L 정도. 봉투를 들고 집안을 둘러본다. 내가 가진 모든 물건 중에서 버릴 수 있는 것들을 골라내 그대로 쓰레기봉투에 집어넣는다.

몇 달 사이 신발과 가방을 포함해 옷을 100벌 정도 버렸다. 2~30벌씩 세 번 버리고, 더 이상 입지 않는데도 미련스레 버리기 힘들었던 것은 친구들에게 나눠줬다. 옷만 버린 것은 아니다. 책도 버리고, 문구류, 장식품, 작은 가구들도 버리거나 중고 거래했다. 무료 나눔을 하면 득달같이 달려드는 사람들 탓에 몇천 원 정도에 올려두고 매너 좋은 분들에겐 그냥 드렸다. 아마우리 집 물건들은 요즘 매일 공포에 떨고 있을 것이다. 오늘은 누가 버려지려나, 안 쓰인 지 몇 달이 지나 먼지 쌓인 것들은 더더욱 두려워하고 있을 것이다. 버려지지 않더라도 새로운 집에 가서 다시 적응해야 하는 어려움이라던가, 재활용되면서 겪는 고통이 그들을 기다리고 있으니까.

상상력이 뛰어났던 한 친구는 아울렛에서 산 하이엔드 옷을 주인공으로 한 짧은 이야기를 썼는데, 내용은 대충 이렇다. 큰 기대를 받으며 만들어진 어떤 세미 명품 옷은 팔리지 못한 채 아울렛까지 오게 되고, 결국 주인을 만나지만 한 번도 입히지 못한 채 옷장에서 먼지만 쌓이다가 싸구려 옷들과 함께 박스에 모아져 아름다운 가게 같은 중고 거래처에 맡겨진다. 그리고는 자신의 가치를 전혀 알아보지 못하는 주인을 만나 잘못된 세탁법으로 고통스럽게 생을 마감한다.

물건을 버리는 것으로, 특히 옷을 버리는 것으로 스트레스를 풀게 된 건 마음을 비우기 위해서였다. 잡생각을 몰아내기 위해 또 다른 생각을 하는 것보다는 은유적인 행동을 하는 것이 효과적이다. 슬프거나 감정적으로 힘들 때는 몸이 바쁜 것이 좋다면, 마음을 정리하기 위해서는 주변을 정리하면 좋다. 관계도 마찬가지다.

첫 직장을 다니면서 인터넷 쇼핑을 많이 하기 시작했다. 스트레스는 욕망을 채우는 것으로 풀었다. 퇴근

길 버스에서 여러 커머스 어플이 보여주는 상품들을 구경하다가 집에 도착하기 전에 결제했다. 즉각적인 보상을 받으면서 스트레스로부터 도망가기로 한 것이다. 집에 언제 주문했는지도 모를 택배 박스들이 속속 도착했다. 돈이 무언가를 해결해 준다는 의존증이 일상을 천천히 좀 먹었다. 결국 첫 회사는 금방 그만뒀고, 퇴근길 쇼핑도 함께 막을 내렸다. 스트레스와 욕망을 만드는 주체는 같을 것이다. 스트레스를 주고 보상이라는 욕망을 자극해 소비를 일으키고 다시 일하도록 만들며 돈을 벌고 쓰는 메커니즘 속에 우리를 가둔다.

물건을 버리는데도 여전히 물건이 넘쳐나는 건, 애초에 내가 물건을 좋아하는 사람이었기 때문이다. 만화나 영화 덕후 소질도 겸비해서 피규어라던가 귀여운 오브제도 사 모으고, 만화책, 음반을 줄 세우고 기뻐하는가 하면, 책 만들고 글을 쓰다 보니 문구나 넘쳐나는 책이 좁은 자취방을 가득 채웠다. 소비의 즐거움이 어느새 일상의 영위를 위해 꼭 필요한 수준의 공간을 침범하는 불청객이 됐다.

삶을 선명하게 그리기 위해 필요 없는 것들을 분

명하게 구분하고 정리하고 싶다. 한편으로는 흐린 눈을 하고 이런들 어떠하리 저런들 어떠하리 살고 싶기도 하지만, 결국 한 번도 입지 않을 옷을 사지 않고, 더 이상 내 것이라고 할 수 없는 것을 단호하게 버릴 때 삶이 덩달아 여유로워질 거라고 믿는다. 정말 사랑하지 않는 것들을 광고와 마케팅에 혹해 사랑이라고 믿고 싶지도 않다. 소유가 취향이 될 수 없다는 것도.

° 슬프거나 감정적으로 힘들 때는 몸이 바쁜 것이 좋다면,
마음을 정리하기 위해서는 주변을 정리하면 좋다.
관계도 마찬가지다.

° 삶을 선명하게 그리기 위해 필요 없는 것들을
분명하게 구분하고 정리하고 싶다.

당신의 옷장을 열며._____

내가 더 이상 입지 않는 옷장 속의 옷들, 자취를
시작하며 가지고 나오지 않은 옷들과 버리려고 모아둔
옷들. "엄마 이거 좀 헌 옷 수거함에 버려줘." 이제 그
옷들 일부는 엄마 옷장에 개켜있다. 겨우 마음먹고 버
리기로 한 건데, 엄마가 그걸 붙잡아 둔다. 내 삶의 짐
과 걱정을 털어버리려 했는데 그것들은 엄마 마음속에
여전히 남아 있는 것만 같다. 마치 내가 이겨낸 나의 문
제가 엄마에겐 여전히 걱정거리인 것처럼.

　　(...) 엄마, 이거 내 꿈속이야 / 엄마는 잘못 빨아
서 줄어든 스웨터를 입고 / 보풀처럼 나를 똑똑 떼어
낸다 (...)

　　임지은, <무구함과 소보로>

　　이 옷이 왜 여기에 있냐고 잔소리하면 엄마는 엄마
마음인데 왜 뭐라고 하느냐고 한다. 꼭 어린 시절의 내

가 엄마한테 하는 말 같다. 논리가 없는 상황에서 가장 말이 되는 이유를 대는 것이다. "뭐 어때 내 마음이지!"

엄마가 이런 말을 들으면 싫어하겠지. 아무튼. 그럼 나는 더 이상 엄마한테 옷을 버려달라고 맡기지 않는다. 그렇게 엄마에게 나를 다 맡기고 살아가던 시절이 지나간다. 옷 버리는 일이야 그 전부터도 혼자서 할 수 있던 일이지만, 엄마가 하는 일에 잔소리하는 어른이 되어가고 있음을 느끼는 것이다.

언젠가부터 엄마보다 내가 잔소리를 더 많이 하고, 걱정을 더 많이 하고, 나는 이제 엄마의 걱정이 싫다. 엄마가 나를 걱정하지 않기를 바라서 엄마가 걱정할 수 있다는 생각이 드는 것들을 말하지 않는다. 엄마의 걱정과 잔소리를 차단하고, 튼튼한 벽을 만든다. 오히려 내가 엄마라도 된 것처럼, 보호자마냥 잔소리하는 입장이 되어간다. 변화하는 속도가 너무도 빨라 부모 세대에 맞춰 돌아가지 않는 세상에서, 점점 느려지고 약해지는 엄마가 내 삶을 걱정할 필요가 없기를 바랐을 뿐인데, 결국 엄마가 내 일상에 끼어들 여지가 점점 사라져간다.

더 이상 내 옷이 별로 없는 본가에 가면 엄마 아빠 옷장을 열어 잠옷이나 동네 나다닐 옷을 찾는다. 그렇게 안방의 옷장을 뒤적일 때면 힘없이 축 늘어진 티셔츠나 목둘레가 낡아버린 옷들이 눈에, 아니, 마음에 들어온다. 아주 오래전부터 봐왔던 옷 같은데, 너희는 왜 아직도 여기 있니. 이상한 일이다. 나는 부모의 옷장을 탐탁지 않아 하며 부모의 옷을 사주고 싶어 하고, 부모는 내가 좋은 옷을 잘 입고 다니는가 싶어 카드를 쥐여준다. 본가에는 대체로 후줄근한 옷차림에 쌩얼로 가곤 하는데, 그래서인지 일 년 전쯤 아빠가 카드를 한 장 줬다. 매달 얼마 정도 '옷 사 입는데' 쓰라며 주시기에 받긴 했는데, 들고 다니지 않아서 집에 올 때마다 왜 안 쓰냐는 말을 듣는다. 엄마는 아빠한테 내가 그 카드로 돈을 좀 쓰는지 묻는 모양이다. 그래서 그때부터 본가에 갈 때도 가능한 좀 차려 입고, 얼굴에 분칠도 하고 간다. 엄마는 처음 보는 옷들에 "새로 샀니?" 묻는다.

우리는 늘 서로의 삶이 더 나은 것이기를 바란다. 자기 삶이야 좀 덜 편안하고, 덜 새것이어도 가족의 안위가 더 잘나기를 바란다. 상대가 나를 아끼고 사랑하

길 바라는 마음이야 없다면 서운하겠지만, 그보다 나로
인한 슬픔을 주지 않기를 바라는 마음이 더 큰 것이다.
아이러니하게도 이런 이야기를 하다 보니 나를 걱정하
지 못하게 하는 것은 나를 사랑하는 사람에 대한 예의
가 아닌 것이 아닌가!

° 　우리는 늘 서로의 삶이 더 나은 것이기를 바란다.

무채색의 인간.

일곱 살 무렵의 사진을 보면 옷을 정말 잘 입었다. 형형색색의 옷을 가리지 않고 입으면서 빛나는 앞니 없는 미소를 뿜어내는 걸 보면 소화 못 하는 옷이 없던 게 분명하다. 지금은 상상도 못 할 핑크 공주도 내 안에 잠들어 있다고 생각하면 갑자기 어떤 옷도 못 입을 것 없지! 싶은 마음이 되기도 한다. 예를 들면 배꼽티라던가… 아, 요즘은 배꼽티라고 안 하나… 배꼽티를 크롭티라고 부르는 세상도 와버렸네. 아무튼 세 가지 배색이 들어간 상의에 꽃무늬가 어지러이 놓인 스판 함량이 높은 바지를 입고 소방서에 체험학습을 간 일곱 살 송재은을 보며 생각한다. 그때 세상은 실제로 컬러풀 했던가. 삶이 꽃밭이었나. 근심이나 걱정이 없었나, 골똘히 사진을 바라본다.

우울감을 느끼는 사람은 검은 옷을 자주 입는다고 한다. 멋을 위해 검은색 옷만 입는 경우야 다르겠지만, 그래서인지 다양한 색을 소화하고 받아들이는 사람을 보면 건강한 기분마저 든다. 자신을 부끄러워하거나 자신이기를 눈치 보지 않고 사랑하는 것 같아 보인달까. 색색의 옷을 늘 갈아입는 자연처럼 맑고 아름답게 느껴진다.

언제부턴가 무채색이나 감색 옷에 청바지를 즐겨 입는다. 그보다는 그 안에서 벗어나지 못한다는 생각이 들 때도 있고, 그게 가장 보기 좋다고 정말 믿을 때도 있다. 빨간색 후드티를 좋아해서 맨날 입고 다니던 오래전 겨울을 기억하면서도 가끔은 원색의 옷 속에 있는 나를 볼 때면 광대 같아 보여 왠지 등이 뜨거워지는 느낌이다. 패턴이나 원색의 옷도 몇 벌 가지고 있지만 역시 흰색이나 검은색 상의에 청바지를 입는 게 결국 가장 마음 편하다. 바지가 아닌 치마나 원피스라고 해도 마찬가지다. 나는 무채색 상·하의가 보호색처럼 느껴진다. 무난하게 잘 어울리고, 애쓰지 않아도 개중 세련되어 보이는 것 같다.

그저 시간이 지나 미니멀하고 깔끔한 스타일을 좋아하게 된 것 같기도 하지만, 화려한 옷에 혹해 궁금해하면서도 '잘 안 입게 될 거야.'라는 생각으로 마음을 접는 나를 볼 때면, 나의 화려한 시절은 끝난 게 아닐까 싶어지기도 한다. 회사를 일찍부터 다녀 체감 사회 나이가 많은 친구는 서른이 되기 전부터 짧은 반바지를 입는 게 부담스러웠다고 했다. 나이를 먹으면 제나이에 맞게 옷을 입어야 한다는 생각, 보수적으로 변하는 태도는 왜일까. 나는 무엇으로부터 지켜지고 싶은 건지 안전하게 무채색 상의에 청바지를 입는 서른이 됐다. 내가 원하는 건 무채색의 삶일까, 과감한 채색을 겁내고 있는 걸까. 답은 나에게 있는데, 좀처럼 답을 내리기 어렵다.

좋아하는 건지, 좋아한다고 믿게 된 건지 헷갈리는 것들이 있다. 잠깐 광고 일을 했던 사회초년생 무렵, 사람들은 자주 보이는 것을 취향으로 착각한다는 것을 배웠다. 일상에서 자주 노출되는 광고와 우리를 아쉽게 만드는 광고 문구에 내가 정말 그것을 원한다고 믿게 되는 것. 나는 타인의 시선을 의식하고 사회의 질서에 익숙해지면서 선택한 것들을 내가 원한 것이라고 오해하기로 한 게 아닐까. 이런 나에게 친구는 흰 티에 청바지가 잘 어울리는 사람도 따로 있는 것이라고 말해

주었지만 나는 살짝 미소 지으면서도 고개를 갸웃 거릴뿐이었다.

이 글을 쓰는 오늘은 피아노 선생님이 "카키색 옷이 잘 어울리네요." 말해주셨다. 얼마 전엔 대구 빈티지 샵에서 사려던 흰색 셔츠 대신 보자마자 예쁘다고 생각한 초록색 맨투맨과 니트를 샀다. 취향이었든, 취향이라고 믿게 되었든, 옷장을 가득 채운 무채색의 옷도 이미 사랑하고 있고, 원색의 쨍한 옷을 티 없이 맑게 입는 어른도 좀 되어보려고.

° 좋아하는 건지,
좋아한다고 믿게 된 건지 헷갈리는 것들이 있다.

나에게 남은 것.

새로운 사람을 알게 되는 것. 관계를 맺고 삶을
겹쳐 뭉근히 함께 무르익어 가는 것, 그렇게 냄새를 섞
고, 서로에게 물들어 가는 것. 은근하게 내게 남아버린
것들. 파도가 들이쳐 그 안에 잠겨 있는 동안 소금의 짠
맛 끈적함이라던가, 젖은 몸이 마르면 곧 오들오들 떨
게 된다든가 하는 걸 모르고, 가벼워진 몸이 다시 무거
워질 때야 물속이 어땠는가를 안다.

*

　　나는 너랑 헤어지고 모자를 자주 쓰고 다닌다. 자
주 쓰려고 비슷한 모자를 많이 샀고, 모자가 얼마나 편
한지도 알았다. 왜 깨끗하게 머리를 잘 감아 놓고도 항
상 모자를 쓰는지, 미용실에서 예쁘게 머리를 하고도
고심해서 모자를 고르는지 이해하지 못했는데, 지금은
그럴 수도 있다고 생각한다. 너를 만나기 전까지 나는

모자를 거의 안 쓰는 사람이었는데 그랬던 나는 이제 모자를 쓸 때면 종종 너를 떠올린다. 네가 생각나서 모자를 쓰는 것은 아닌데, 너를 보며 익숙해진 모습을 나에게 입히고 있는 것이라는 생각을 한다.

누군가를 만나면 그 사람과 잠시 한 덩어리가 된다. 우리의 경계는 희미해지다가 다시 선을 그어 분리하고 나면 나는 조금 사라졌고, 그 자리에 내가 아닌 것이 묻어온다. 애정은 언제나 서로를 조금씩 가져오는 것으로 끝나고, 나에게 남아 이어진다. 처음부터 나였던 것은 너무나도 작았다. 아주아주 작은 내가 가족으로부터, 환경으로부터, 당신으로부터 조금씩 커져간다. 내 발끝만 겨우 가릴 정도로 작은 그늘이 점점 넓어져 타인의 어깨를 감싸주기도 한다.

이해의 범위 밖에 있던 것들이 슬그머니 내 것이 된다. 이해하려고 노력하지 않아도 체득하는 것들은 관계에서 시작한다. 그것은 상식이랑 비슷한 구석이 있어서, 그 사회에서 당연히 습득하는 것처럼 함께 함으로써 자연히, 당연히 그런 것이라고 여기게 된다. 사랑하고 믿고 따르며 면역 반응 없이, 홍역을 앓지 않고도 어느새 제 것처럼 흉내를 낸다. 언젠가는 버스에 앉아 어떤 생각을 하면서 지은 표정이 문득 내 것이 아니라 그의 것이라는 걸 깨달았다. 고개를 돌려 버스 창문에 비친 내 얼굴을 생경하게 쳐다봤다. 그가 짓던 표정을 지금 내가 짓고 있다고. 어쩌면 내 얼굴보다 오래 쳐다보던 얼굴을 그대로 내게 입히는 건 이상한 일이 아니다. 어린아이들은 상대를 흉내 내며 상황에 적절한 행동을 배운다고 한다. 그토록 바라보던 그의 얼굴이 내 것이 된 것도 이상하지 않다.

사람도 옷처럼 입을 수 있다. 타인의 표정, 행동, 말투, 취향을 입는다. 내가 사랑하던 것들을 여전히 사랑하면서.

일단 살아보는 것.

논란으로 이름을 부르기 좀 뭐한 한 유투버는 이런 명언을 남겼다. "비혼주의의 완성은 결혼이다." 결혼을 해보지 않고서야 비혼을 논할 수 없기에 결국 비혼주의 논리를 증명하기 위해 결혼으로 그게 뭐가 문제인지 몸소 증명해야 한다는 말이다.

　　나는 구경하는 일이 어렵다. 옷은 말해 뭐하며, 마트에서도 직원이 나와서 파는 물건은 가까이 가지도 않는다. 출판사로 북페어에 자주 나가는데 다른 부스를 구경하는 것도 힘들다. 다른 작가나 출판사 분들이 우리 부스에 놀러 와 작품을 보고 이야기 나누고 가는 건 반가운데, 나는 차마 그렇게 못하겠다. 팔려는 사람들 앞에서 물건을 제대로 보려면 대단한 용기가 필요하다.

　　그런 불편함도 한몫하여 옷을 보러 갈 때면 잘 입어보지 않는다. "한 번 입어봐."라는 말에도 고개를 절레절레 저으며 옆으로 지나쳤다. 눈으로 잘 보고 상상만으로 옷을 평가했다. 게다가 나는 몸에 붙거나 장식적인 옷을 보면 나랑 안 어울릴 거야 미리 재단해서, 입어볼 만한 옷이 많지도 않았다. 그러다가 어느 날은 "입어 보면 달라."라는 말에 속는 셈 옷을 입어봤는데, 요상했던 장식 디테일이 생각보다 과하지 않게 느껴졌다. '어? 괜찮은데?' 그 후로는 옷을 더 입어보고 싶어졌다. 아무리 예뻐도 입고 다니지 못할 옷에도 '이럴 때 입어보는 거지.'라는 생각을 하게 됐다.

레오파드 뷔스티에 원피스를 입는다. 기본 원단인 레오파드에, 초록색, 갈색 등 튀지 않는 색의 조합으로 만들어진 체크무늬 천이 조화롭게 섞인 언발란스 뷔스티에 원피스다. 어깨끈 부분은 마감을 자유분방하게 한 검은 레이스로 되어 있는데, 암만 설명해도 실제로 보는 게 예쁘다. 듣기만 하거나 보기만 하면 약간 오바쌈바인 옷 같은데, 막상 입으면 튀지 않으면서 눈에는 아름답게 띄는 내 기준 주인공 옷이다. 그러니 입어보지 않고서야 이렇게 예쁜 옷을 어떻게 입고 다녔겠냐는 생각을 한다. 이 옷은 별로 꾸미지 않고도 나를 조금 특별하게 만들어 주는 회심의 킥인 거다.

입어보지 않으면 계속 뻔한 옷을 입게 된다. 몇 년

째 비슷한 스타일에 고여서 지루한 사람이 된다. 해보지 않으면 뻔한 것만 하게 된다. 비슷한 매일에 갇혀 지루한 날을 보내게 된다. 뻔한 삶을 살지 않으려면 나랑은 어울리지 않는다던가, 해보기도 전에 '해봐서 뭐 해.' '굳이.' 같은 초 치는 생각은 벗어버리는 게 좋다. 애초에 인생은 살아보는 것이 아니냐고. 처음부터 그러고 있던 게 아니냐고. 결국 마지막은 우주 먼지가 부스러져 사라질 가벼운 인생일 뿐인데, 하고 싶은걸, 한 번쯤 해보고 싶은걸, 궁금한걸, 눈치 보고 지레짐작만으로 안 하기에는 삶을 너무 무겁게 생각하는 것 아니냐고. 조금 더 들이대 봐도 괜찮다. "한번 해보자고." 뭐 그런 마음으로 지내면 좀 더 재밌는 일이 많이 생기지 않을까.

잃어버린 것들의 세계. ──────

물건을 못 버려 애먹는 주제에 아끼는 물건은 죄 잃어버린다. 대학생 때 만나던 남자친구에게 받았던 장갑은 십 년이 지나 꺼내서 다시 끼고 다니다가 한 손을 버스에 놓고 내렸고, 다시 찾지 못했다. 강아지 자수가 놓인 남색 퀼팅 장갑은 무척 오래됐는데도 여전히 예뻐서, 어쩌면 스물둘이 아니라 서른에 어울리는 디자인이었나? 생각하기도 했는데, 닥스 장갑을 온라인에서 뒤져봤지만 당연히 그 모델은 없고 비슷한 장갑도 찾을 수 없었다. 덩달아 친구가 사줬던 장갑도 한 짝만 남아 맞잡을 수 없는 두 장갑은 짝없이 함께 놓여있다. 한 짝만 남았음에도 버리지 못했음은 물론이다. (대체 왜?)

　　연애 중 딱 한 번밖에 안 맞춰본 커플링도 잃어버렸다. 반지 공방에 가서 서로 만들어 준 단 하나뿐인 반지였는데. 이후에는 또 다른 남자친구가 자신이 차던 팔찌를 내 팔에 걸어주어서 소중히 끼고 다녔는데도 갑자기 흔적도 없이 사라졌다. 끼고 다녔는데도! 차마 잃어버렸다고 할 자신이 없어서 A.P.C. 팔찌를 온라인에서 쥐잡듯 뒤졌지만 역시 그 모델은 찾지 못해서 이실직고 했다. 그들의 실망한 표정은… 정말이지 내 가슴을 후벼서, 그들을 실망하게 했다는 생각이 내 존재 자체를 실망스럽게 했다. 팔찌를 준 사람과 헤어졌을 때는 그 팔찌를 잃어버린 일이 다시 떠올랐다. 그렇게 마음을 하나씩 잃어버리다가 갑자기 그곳이 쨍- 하고 깨져버리는 게 아닐까.

한 번은 고등학교 친구가 서른이 되어서야 취업하고 그동안 고등학교 친구들에게 잘해주지 못한 것이 아쉬웠는지 비비안웨스트우드 목도리를 선물해 줬다. 아니나 다를까 그럼 그렇지 이듬해 겨울, 나는 대체 그 목도리를 하고 다니면서도 잃어버렸다. 계속 목에 두르고 다녔는데 다음날 그 목도리가 흔적도 없었다. 한동안 집에서 그 목도리를 찾았지만 진짜 이럴 때면 나는 분명히 마법사가 있다고 생각할 수밖에 없다. 머글인 나를 농락하는 게 분명하다고. 왜냐하면 이건 진짜 내가 잃어버렸다고 인정할 수 없으니까, 마법사가 장난을 치고는 나의 슬픔을 감상하고 전리품 상자에 목도리를 넣은 것이라고.

　그다음 해 여름에는 선물 받은, 심지어 내가 고심해서 골라 받은 톰포드 카드 지갑을 잃어버렸다. 그건 어떻게 잃어버렸는지 정확히 알고 있다. 주머니에 지갑을 넣은 채 자전거를 타고 집에 온 다음 날 아침 깨달았다. 그 짧은 거리를 지나오는 동안 잃어버렸구나. 다시 그 길을 따라 걸었지만, 지갑을 찾을 순 없었다. 그 안엔 운전면허증이 들어있었지만 지갑은 여태 돌아오지 않았다. 나는 그 지갑이 아름다운 데다가 새것이라 덩그러니 놓인 지갑을 발견한 사람이 양심을 버리고 훔친 것이라고 결론 내렸다. 경찰서에 들어오는 분실물들을 볼 수 있다는 사이트에도 들어가 보았는데, 많은 지갑이 올라와 있지만, 그 지갑들은 낡았거나, 갖고 싶어지지는 않는 것이 대부분이어서, 내 지갑이 돌아올 확률은 더욱 낮다는 것을 확인했을 뿐이었다.

　가장 최근이라 그런지 지갑을 잃어버렸을 때의 상실감은 이루 말할 수 없이 컸다. 선물을 준 사람의 마음마저 잃은 것 같아 면목 없고, 미안함에 나 자신을 미워하게 할 수밖에 없었다. 털어내려고 해도 자꾸 떠올라서 억울해졌다가 물건에 대한 회의감마저 들었다. 미안함과 아쉬움은 그곳에 두고 나는 다음으로 가야하는데 온 감정을 얽매였다. 미래를 과거의 손에 쥐어준 사람은 필연적으로 무기력할 수밖에 없다. 이 글을 쓰면서도 겨우 잊은 슬픔이 떠올라 마음이 쓰리다. 사라진 물건을 마음에서는 어떻게 놓아줘야 하는 걸까. 꼭 잃어버린 사람을 그리워할 때처럼 잘 지켜내지 못한 나 자신이 한심하다.

해리포터에는 '필요의 방'이 나온다. 그곳은 온갖 잡동사니와 옛날부터 누군가가 숨겨둔 물건들로 가득하다. 나는 그곳이 잃어버린 것들의 세계와 같다고 생각한다. 기억과 사건과 물건이 뒤섞인. 영화 주인공들은 그곳에 물건을 숨기고, 그 사실을 잊고, 어떤 물건은 새로 찾아낸다. 잃지 않는 사람으로 사는 건 영영 불가능하고 나는 또다시 누군가를 잃겠지만, 잃어버린 것들의 세계에서 이렇게 뒤적거리는 사람으로, 또다시 누군가를 떠올리고, 그 시절을 기억하는 사람으로, 마음 속 필요의 방을 소환해 본다.

° 미안함과 아쉬움은 그곳에 두고
나는 다음으로 가야하는데 온 감정을 얽매였다.

° 사라진 물건을 마음에서는 어떻게 놓아줘야 하는 걸까.

이곳이 아닌 다른 곳.————————————

가진 것은 여전히 별로 없지만, 물질세계에서 가진 것이 하나도 없던 시절에 내가 간절히 믿었던 것은 신발이 너를 좋은 곳으로 데려다준다는 말이었다. 당시 주머니 사정에 비해 비싼 신발이었던 닥터 마틴을 단화를 신고 나는 더는 걸을 수 없을 때까지 걸었다. 대학생 때 혼자 러시아 여행을 가 상트페테르부르크의 눈비 내리는 거리를 시린 발끝 감각이 사라지도록 배회하던 기억 속에도, 은근한 빛을 내는 회색의 닥터마틴이 있다. 아직 저녁이 채 오지도 못했는데 만보기 숫자는 2만을 훌쩍 넘기도 했다.

여행을 많이 다녔던 스물다섯, 스물하나. 그때는 무작정 걸었다. 잘 맞지 않는 신발을 신고도, 제대로 된 식사를 하지 않고도, 불편한 잠자리에서 자고도 무지 많이, 멀리 걸을 수 있었다. 아르바이트와 장학금으로 모은 돈으로 교환학생 기간 기숙사비와 생활비를 내던 날들에는 교통비도 아까웠고, 그 돈을 아껴 여행까지

하려던 나는 돈을 빼고는 즐길 수 있는 것이 길거리와 풍경뿐이어서 정말 많이 걸었다. 물론 그저 바라만 봐도 아름답고 새로운 것들이 있어서 그럴 수 있었다. 그 시절에만 볼 수 있고, 좋아할 수 있던 것들이.

하지만 좋은 신발이 좋은 곳에 데려다준다는 오래된 말을 붙잡았던 이유는 내가 늘 이곳이 아닌 다른 곳으로 가고 싶어 하는 사람인 것과 무관하지 못했다. 나는 사실 그 말을 정말 믿었다기보다는 어딘가로 가고 싶어 그 말을 좋아했을 뿐이다. 한 곳에서 오래 지내면 나는 지루함을 견디지 못했다. 환경을 지루하다고 느끼는 순간부터 내 주변과 불화했고, 안정을 쫓으면서도 막상 안정 앞에서는 소름이 돋고 좀이 쑤셨다. 삶의 모든 공간에는 언제나 완벽하지 않은 구석이 있고, 그것과 나를 조금씩 마모해 가며 마치 하나였던 것처럼 맞춰가느냐, 안주하지 않고 완전한 사랑을 찾아 떠날 것이냐의 갈림길에서 나는 낭만에 기대어, 혹은 의존하여 다시 한번 새로운 신발을 신고 떠나기를 택했다.

이곳이 아닌 다른 곳에도 조금 더 나은 것이 있을 뿐 완벽한 것은 없다. 지금까진 그랬다. 가끔은 그곳보다 못한 곳에 도착하기도 했고, 그러는 사이 나는 가끔은 엉덩이가 무거운 사람들을 동경하기도 했다. 그들의 묵직함과 오래됨에서 나오는 안정감 곁에 있으면 내 기분마저 편안했다. 물론 그들은 나에게 너는 좋겠다며 자신의 뻔한 일상을 한탄했지만 그 반복이 주는 예측 가능한 삶이 좋은 것일 수 있다는 사실을 나는 그들에게 알려주려 애쓰기도 했다. 그 삶도 내가 선 자리에서는 전혀 평범하지 않고 대단한 것이라고.

　왜인지 신발을 무척이나 좋아해서 그것이 취미이거나 기쁨이라고 할 수 있을 법한 애인들을 사귄 적이 있다. 그들의 집에는 벽 한 면을 장식할 정도로 많은 신발, 혹은 꺼내도 꺼내도 계속 나오는 신발 타워가 있었다. 다만 그들은 신발을 신고 이곳이 아닌 곳으로 훌쩍 떠나고자 하는 부류가 아니었다. 나는 그런 그들을 무척 사랑했고 그들은 언제든 그 신발들을 신고 현실에서 훌쩍 떠날 수 있는 나를 사랑하면서도 그런 삶을 걱정했다. 사람은 사랑하던 이유를 들어 그를 미워할 수도 있는 법이다. 그러니 사실 어딘가로 가고 싶어 하는 것과 신발은 별로 상관이 없다. 나는 여전히 이곳이 아닌 다른 곳을 꿈꾼다. 다만 다른 곳으로 가고 싶다는 마음보다는 이곳을 이상향으로 만들고 싶다. 이곳이 새로운 꿈이 될 수도 있을 것이라고. 진짜 찾고 싶은 것은 내 안에 있어서, 이곳에서 스스로 그걸 만들어 내야 하는 것이라고.

° 가진 것이 하나도 없던 시절에 내가 간절히 믿었던 것은
  신발이 너를 좋은 곳으로 데려다준다는 말이었다.

° 갈림길에서 나는 낭만에 기대어, 혹은 의존하여
  다시 한번 새로운 신발을 신고 떠나기를 택했다.

누구나 마음속에 청개구리 하나쯤은 품고 살 텐
데, 내가 꼬집기 좋아하는 것은 사람을 좋아하면서 사
람을 피하는 나 자신이다. 여러 사람이 모이는 자리에
가끔 입고 나가는 옷이 있다. 선물 받은 티셔츠인데,
앞면 왼쪽 가슴에 작게, 뒷면에 꽃 이미지와 함께 크게
'ANTI SOCIAL SOCIAL CLUB'이라는 로고가 적혀있
다. 그니까 유쾌하게, 입고 가는 것이면서, 어느 정도는
진심으로 '안티 소셜'하는 인간이고자 하는 것이다. 이
티셔츠를 받았을 때쯤엔 소셜 클럽에서 콘텐츠 에디터
로 일하고 있었다. 2층 양옥집을 사용하며 '살롱'을 표
방하는 브랜드 직원인데 이 옷을 입고 사람들을 만나러
가는 일은 삶을 약 올리는 류의 재미가 있었다.

　　난 어렸을 때부터 반골 기질이 있었다. 교실에서
불합리한 일이 벌어지면 모두가 조용히 웅성웅성 할
때 선생님에게 손을 들고 그 묘한 권력의 비대칭을 꼬
집는 질문을 해댔다. 정직한 방법으로 사십 명의 학생

(1998-2010 시절) 모두에게 공평한 선생이 되기란 쉬운 일이 아니기야 하겠지만, 그렇다고 불공평하고 억울한 상황을 받아들일 마음이 없던 오만한 십 대가 나였다. 한 친구의 부모님은 나를 칭찬하듯, 비꼬듯, 재은이가 총대를 멨구나. 라고 말씀하시기도 했다.

그러니까 모두가 예라고 하거나, 하고 싶은 말을 못 하고 있을 때, '그건 아니'라고 한 번쯤 말해보고 싶어서 머리를 굴리는 종류의 인간으로, "왜?"라는 한 글자짜리 문장은 늘 내 머릿속을 둥둥 떠다녔다. 일부러 그러는 것은 아닌 게, 이 질문은 떨쳐내려 해도 사라지질 않았다. 난 정말 모든 것의 이유가 궁금했다. 왜 그러는 거야? 왜 그렇게 말한 거야? 그게 맞는 거야? 왜 그런 선택을 한 거야? 그래서 좋았어? 싫었어? 왜 그렇게 느꼈어? 문제는 이렇게 궁금해하다 보면 마음이 금세 지쳤다. 이해할 수 없는 것은 정말 많고, 이해할 수 없다는 걸 인정하면서도 그 풀리지 않는 엉킨 매듭을 다 풀 수 없음이 답답했다. 문 너머에 있는 것을 궁금해하는 인간의 삶이란 정말이지 모든 것을 사랑한 나머지 너무 고단해서, 삶을 살수록 모든 것을 피하고 싶어지는 것이었다. 인간 이면에 있는 의심스러운 동기들에 호기심을 빛내면서도 그것들은 보면 볼수록 질리고 싫어지는 종류의 것이기도 했다.

　　나는 언젠가 소위 핵인싸(인사이더)였고, 이제는 대체로 아싸(아웃사이더)다. 질문을 열심히 하는 나는 삶을 사랑하는 인싸고, 끝없는 의문에 스스로 나가 떨어진 나는 아싸. 언제나 너무 큰 사랑은 사람을 지치게 한다. 그래서 나는 안티 소셜하는 (또다시) 소셜 클럽의 일원이라는 유치한 농담을 무기로 스스로를 비꼬면서 웃는다. 그 아이러니함을 사랑하면서, 삶을 사랑하면서, 또 미워하면서. 정세랑의 피프티 피플 속 문장처럼, "가장 경멸하는 것도 사람, 가장 사랑하는 것도 사람, 그 괴리 안에서 평생" 살아갈 것이다.

아이고, 오늘도 입을 옷이 없네.———

옷장을 열어도 더 이상 입을 옷이 없다. 어떤 추억은 낡고 바랬고, 내가 더 이상 그 시절을 기억하지 않고, 그들은 더 이상 이곳에 없다. 어제의 나로부터 내일의 나는 조금씩 멀어지고, 어제의 나는 오늘의 나를 영영 모른다. 한때의 내가 얻은 옷들은 오늘의 나와는 거리가 있다.

매일 옷장을 열 때마다 입을 수 있는 옷이 자꾸만 줄어드는 것 같다. 옷걸이도, 걸 자리도 부족해 수납할 자리도 마땅치 않을 지경인데 사실 내가 입는 옷은 몇 벌 안 된다. 몇 년째 입지 않은 옷은 여전히 그 자리에 있지만 나는 아직도 그 옷을 못 버린다. 안 입으니 버려야 하는데, 여태 너무 안 입어서 아깝고, 여태 너무 잘 입어서 아깝다. 머릿속이 엉망일 때 그런 옷들을 보면 고민이 더 엉키는 기분이다. 필요하지 않은 물건이 많다고 느낄 때면 정돈되지 않은 환경이 삶을 어지럽히는 생각이 든다.

여행할 때 차가 없으면 최대한 콤팩트 하게 짐을 챙긴다. 다니면서 다 써버릴 수 있는 것이나, 쓰고 버릴 수 있는 것을 많이 챙긴다. 이 여행이 마지막일 옷, 신발도 챙긴다. 가벼워진 만큼 새로운 것을 채워올 수도 있다. 교환학생을 갔을 땐, 반년이라는 시간의 짐을 친구들에게 추억으로 나눠주고 돌아왔다. 결국 한 사람이 감당할 수 있는 물건의 양은 정해져 있다. 거북이처럼 내가 나의 모든 삶을 이고 지고 걸어가는 모습을 상상하며 오늘의 내가 간직할 수 있는 것의 우선순위를 정해야 한다. 가벼울수록 지치지 않고 멀리 걸을 수 있다.

지금보다 조금 더 어릴 때는 몸의 건강이 마음의 피로마저 쉽게 이겨냈던 것 같다. 넘치는 에너지가 한잠 푹 자고 나면 모든 실수와 슬픔으로 인한 불안과 불안정을 원점으로 돌려놓을 수 있었다. 버릴 고민을 할 필요도 없이 가진 것도 없어서 처음부터 다시 시작하는 게 어렵지 않았고, 가진 것이 짐이 될 만큼 무겁게 느껴지지 않았다. 아마 과거에는 더 건강했지, 하는 생각의 형세는 큰 계기가 없는 한 나이를 먹으며 계속 이어질 것이다. 그러니 이 마음의 어지러움을 어떻게 다루

어야 할까.

한때는 물건에 추억이 담겨서 버릴 수 없다고 안타까워하기도 했으나 이제는 아니다. 그런 식으로 간직할 수 있는 것에는 결국 한계가 있고, 진정으로 중요한 것은 추억 그 자체이지 물건을 간직한다고 추억이 대단해지지는 않는다. 가득 찬 옷장 앞에서 입을 옷을 고민하면서 가장 먼저 해야 할 일은 이제는 옷을 버리는 것이다. 정리해 낼수록 분명해진다. 물건들을 통해 필요한 것을 구분해 내는 연습을 하면서 삶에서도 본질을 가려낼 수 있는 사람이 된다. 취향도, 사람도, 삶도 분명해진다. 겨우 옷장을 정리하는 것만으로.

한 번은 언젠가 편지를 정리하는 날이 오지 않을까 생각하며 초등학교 6학년 때부터 모았던 편지를 전부 스캔해 디지털 이미지로 만들어 두기도 했다. 하지만 결국 내가 들여다보는 편지는 몇 개 안된다. 나를 가장 잘 알아주던 사람이 나의 불안이 실체 없음을 알려주고 내가 얼마나 멋진지 알려주던 편지. 그것만 읽으면 나 자신을 몰아붙이던 것을 금세 멈출 수 있어서 약처럼 찾아 읽곤 한다.

수많은 사람과 수많은 감정이 묻은 옷도 마찬가
지다. 사랑이 남았고, 응원과 믿음이, 나를 오늘에 있게
한 슬픔이 남아있다. 누구나 입기에 무엇보다 평범한
대상, 무엇보다 평범한 행위이지만 각자 전혀 다른 경험
을 간직하게 하는 것이 옷으로부터 나를 만들어온 순
간을 본다. 옷장을 정리하면서 그것들을 이야기로 압
축해 남긴다. 더 이상 입을 수 있는 옷이 아닌, 이제는
이야기로 남은 것을.

° 한때는 물건에 추억이 담겨서 버릴 수 없다고
  안타까워하기도 했으나 이제는 아니다.

° 사랑이 남았고, 응원과 믿음이,
  나를 오늘에 있게 한 슬픔이 남아있다.

송재은

이 글을 쓰던 해에 100여 벌을 버린 사람. 2020년부터 '프로젝트임시'라는 글쓰기 모임을 운영하고 있다. 서른다섯이 되면 밴드에서 키보드를 치고 싶어 서른 살에 피아노를 배우기 시작했다. 에세이 <일일 다정함 권장량>, <오늘보다 더 사랑할 수 없는>과 소설 <낯선 하루> 등을 썼다.

김현경의 옷장

·

보이지 않는 것을 보이게 하는 작업을 합니다.
디자인을 하고 글을 쓰고 책을 팝니다.

<아무것도 할 수 있는> 엮고,
<폐쇄병동으로의 휴가>, <오늘 밤만 나랑 있자>
등을 썼습니다.

교토의 걸음으로

Black Ankle Boots

찬 바람이 불어오면 익숙한 부츠에 발을 구겨 넣는다. 이미 발 모양대로 모양이 잡힌 듯한 검은색 앵클 부츠를 신고 집 밖을 나설 때, 종종 이 부츠를 산 교토의 풍경을 기억한다.

더는 무엇도 해낼 수 없을 거란 생각이 들 때쯤 일본으로 도망 아닌 도망을 갔다. 대학에서의 마지막 학기, [이번 학기에도 F를 줄 수밖에 없겠네요.]하는 교수님의 메시지를 무시한 채 리무진 버스를 타고 김해공항으로 향했다. 아무런 감흥도 없이 김해에서 일본 오사카로 이동했다. 동행이 예약한 숙소에서 잠들고 또 그가 가보고 싶어 한 곳들에 가고, 그가 먹고 싶은 음식을 먹었다. 나는 여전히 아무 감흥도 없이 오사카에서 구라시키로, 교토로, 나라로… 그를 따라다녔을 뿐이었다.

교토에서 머문 일주일 남짓 동안 낮에는 거의 각자의 시간을 보냈다. 동행은 일찍 일어나 동네 목욕탕에 갔다가 카페에서 시간을 보냈고, 나는 느지막이 일어나 점심부터 먹었다. 저녁에는 함께 술을 마시거나 밥을 먹었다. 그러던 중 동행은 감기로 밖에 나가보지 않고 조금 쉬겠다고 했다. 어쩔 수 없이 어딘가로 향해야 했던 나는 그제야 교토에서 가볼 만한 곳을 찾아, '철학자의 길'에 가보기로 했다.

그 길로 향하는 버스에서 내려 걷다 보니 작은 신발 가게가 있었고, 나는 그곳에서 기념품 대신 신발을 한 켤레 사야겠다고 마음먹었다. 우리나라로 치면 작은 동네에 있을 법한 오래된, 그때 내 또래가 가지 않았을 법한 가게였지만 어쩐지 신발을 한 켤레 사야겠다는 생각이 들었다. 의사소통이 되지 않는 주인과 함께 한참 동안 신발을 골랐다. 가게에서 신발을 갈아신고 '철학자의 길'로 걸었다. 그 길에 특별한 것은 없었지만 아름다운 산책로였던 걸로 기억한다. 그 길을 걸으면서야 마음이 조금 놓아졌다. 지금까지도 산책을 즐기지는 않지만 그곳에서는 어쩐지 느린 발걸음도 모두 괜찮게만 느껴졌다. 하지 못할 수도 있는 졸업도 취업도, 막막한 미래도 모두 괜찮았다. '철학자의 길'이라는 이름이 주는 느낌 때문이었지 않을까, 아니면 그런 생각을 하게 만드는 길이었기에 그런 이름이 붙었지 않았을까 짐작한다.

마음이 조급해질 때면 철학자의 길에서의 마음을 떠올린다. 느린 발걸음도 모두 괜찮아지던 때를 떠올린다. 조금 더 천천히 걷고 주변을 살핀다. 신발을 내려다본다. 그러면 어려웠던 마음은 사그라들고 조금 더 나은 하루를 보낼 수 있을 것만 같다.

신발장에서 부츠에 발을 구겨 넣고, 총총, 그리고 조금 느리게, 교토의 걸음으로 걷는다.

수요 글쓰기 모임

Trench Coat with Speical Wax

지금은 망원동으로 자리를 옮긴, 이전에는 상수동에 있던 서점 가가77페이지에서 수요일마다 글쓰기 모임을 했다. 독립출판을 하는 제작자들이 모여서 글을 쓰며 교류하는 시간을 갖자는 목표로 예닐곱 명이 모였다.

　그러나 두 목표 중 하나만 이루었는데, 역시 '글쓰기'보다는 '교류'였다. 우리는 작은 방의 테이블에 모여서 삼십 분 남짓 자신의 작업과 작업 속도에 관해 이야기를 나누고, 그다음 삼십 분 남짓은 글쓰는 시간을 가지고, 누구 하나가 "배고프네." 말을 꺼내면 스탭이었던 보람 선생님께서 해주시는 음식인 '가가 밀'을 사 먹었다. '가가 밀'을 먹고 나면 책방 서가에서 새로 나온 독립출판물을 구경하고, 다른 제작자들과 두런두런 대화를 나누다 흩어졌다. 물론 나는 그중에서 술 마실 사람을 구해 함께 상수동에서 술을 마셨다.

　아마도 여름에서 가을로 넘어가는 때까지 이 모

임이 이어진 것으로 기억하는데, 가을이 오고 비가 올 것 같던 하루는 이 '특별한 왁스를 칠했다는 트렌치코트'를 입고 나갔다. 한 손에는 검은 우산을 들고 말이다. 모두가 하나같이 내게 "오, 그 옷 너무 잘 어울린다.", "특수한 직업을 가진 사람 같다.", "멋있다."라는 칭찬을 아끼지 않았다. 그날 그 제작자 친구들이자 동료들은 내게 그 옷을 어디서 샀는지 등을 물었다. 옷차림 하나만으로 주목을 받으니 신이 나 "이 옷은 텀블벅에서 구매했는데요. 특수한 비건 왁스를 칠해서 이렇게 반들반들 윤기가 난답니다!" 하는 말을 구구절절 했더랬다.

　　우리는 수요일마다 모여서 처음의 목표처럼 글은 많이 쓰지 못했더라도, 나름대로 즐겁고 위안이 되는 시간을 보냈다, 고 생각한다. 웬만하면 혼자일 수밖에 없는 글쓰기와 책 만들기에 대한 고충을 나누는 일은, 함께 하는 '동료'가 생긴 느낌을 주었기 때문이다. 언제나 외로운 글쓰기와 언제 돈을 벌 수 있을지 모르는 책 팔이에 대한 일, 언제까지 할 수 있는 일인지 모른다는 두려움의 길에 함께 하는 이들이 있다는 것이 위안이 되던 때가 있었다. 그때 함께 한 제작자들도 같은 생각을 했으면 좋겠다.

간절기, 그 잠깐뿐인 봄과 가을에만 입을 수 있는 그 트렌치코트를 꺼내 입으면, 언제나 그때 서점에 모여 하던 이야기들과 그들의 표정이 떠오른다. 트렌치코트를 입는 날, 혹은 입을 수 있는 날은 일 년에 두세 번밖에 되지 않는다. 그마저도 날씨가 트렌치코트를 입기에는 낮에는 더운 경우가 많아 저녁에 걸치는 용도로 들고 다니는 경우가 많다. 짧고도 짧은 날이라, 이 옷을 가지고 있는 게 의미가 있는가 싶지만, 생각보다 자주 트렌치코트를 매만지며 그날을 떠올린다.

우리에게 글을 쓰고 책을 만드는 일이, 삶에서의 잠깐뿐인 간절기의 일이 아닌 사계절의 일처럼 쭉 할 수 있는 일이길 바라며.

맞지 않는 반바지를 간직하는 까닭

Big Size Shorts for Men

침대 아래 옷장에는 내게 맞지 않는 남성용 반바지가 하나 있다.

고무 밴딩에 끈을 조일 수 있는 품이 넉넉한 회색 면바지다. 잘은 모르지만 유명하다는 스트릿 브랜드의 로고가 아랫단 한쪽에 박혀 있고, 안쪽은 희고 보드라운 재질이다. 이 반바지를 입으면 무릎 바로 위까지 오는데, 끈을 꽉 조여도 나에게는 커 주르륵 흘러내린다. 그래서 이 반바지를 거의 입어본 적도 없고 입지 않지만, 종종 빨래하고 고이 접어 간직한다.

이 반바지가 내게로 온 건, 아래로 다섯 살 차이 나는 남동생이 군대에 가게 될 즈음이었다. 동생은 입대 전 내가 입을 수 있을 만한 옷가지 몇 벌을 주었고, 청자켓이나 티셔츠 사이 이 회색 반바지가 있었다. 한창 넉넉한 크기의 옷을 좋아할 때라 기뻐하며 받아온 옷들이다. 다른 옷들은 모두 넉넉한 사이즈로 입을 수 있었는데, 이 바지만큼은 너무 커 입기 어려웠다.

이 반바지가 내게로 온 후, 첫 번째로 입게 된 사람은 나보다 한 뼘 넘게 키가 큰 사람이었다. 그는 나의 공간에 종종 찾아오곤 했다. 집에 들인다 하여 그를 사랑한다 생각하지는 않았고, 아마 그도 그렇게 생각했을 테다. 하지만 우리는 어느 겨우내 함께 시간을 자주 보냈다. 내가 가진 옷 중 그에게 맞을 옷은 그 반바지 하나뿐이라 나는 그가 오면 매번 그 반바지를 내어주었다. 우리는 함께 따뜻한 음식을 구워 먹고 가끔 함께 울고 웃으며 시간을 보냈다. 그 겨울, 바깥은 눈물이 찔끔 나게 추웠지만 방을 따듯하게 만들고 함께 있으면 반바지를 입고도 겨울을 낼 수 있었다. 추웠던 겨울이 지나고 봄이 오며 그는 더는 나를 찾아오지 않았고 반바지는 옷장 깊은 곳으로 돌아갔다.

나를 살아있게 만든다고 생각한 사람이 이 반바지를 두 번째로 입은 사람이다. '반바지'의 '반'에 강세를 주어 말하던 그는 그 반바지를 즐겨 입었다. 그러면서 그 반바지는 당연히 내 것이 아닌 그의 것들 사이에 모였다. 그는 비슷한 것으로 자신의 반바지를 하나둘 사 모으기 시작했다. 반바지가 하나둘씩 늘어

나고, 그 반바지들은 나의 공간에 쌓이기 시작했다. 반바지들과 함께 우리가 지낸 시간도 사진도, 많은 것이 쌓여가며 몇 계절이 지났다. 나를 살아 있게 한다 생각했던 그는 어느 순간부터 내가 살고 싶지 않게 하는 이유가 되었다. 나는 그 어느 반바지도 돌려주지 않았고, 못했다.

이 반바지를 세 번째로 입은 사람은 친구였다. 가끔 숨이 가빠오고 눈물이 흘러 넘치며 감당할 수 없는 불안이 닥칠 때가 있다. 공황발작이 오는 것이다. 어느 새벽, 소나기처럼 눈물이 뚝뚝 떨어지기 시작하더니, 이 세상에 존재하지 않아야만 할 것 같은 불안이 나를 덮쳤다. 나는 두 친구에게 [어떻게 해야 할 지 모르겠어.] 메시지를 보냈다. 한 친구는 내게 전화를 걸었고, 한 친구는 [지금 갈게. 주소 찍어줘.], 메시지를 보냈다. 친구가 오기 전까지 한 친구는 전화기를 붙잡고 나를 진정시켰다. 서울 반대편에서 친구가 우리 집으로 도착할 때쯤에는 꽤 괜찮아졌다. 눈물을 훔치며 괜찮아졌다고, 이제 돌아가도 된다는 농담을 한 후, 우리는 새벽 세 시에 함께 밥을 먹었다. 괜찮아졌다 해도 다음 날 병원에까지 따라갈 거라던 친구는 내게 입을만한 옷이 있는지 물었다. 나는 그 반바지를 침대 밑 옷장에서 꺼내 건넸다. 친구는 내 침대에 누웠고, 나는 아래에 매트리스를 깔고 누웠다. 친구는 잠들지 못하는 나에게 계속 대꾸해주고, 해가 뜨자 자기 바지로 바꾸어 입고 함께 병원에 가주었다.

종종 이 반바지를 빨랫감 사이에 끼워 넣어 빨고 말려 갠다. 그러면서 지나간 사람들을 떠올린다. 또다시 이 반바지를 입게 될 사람을 기다리는 일, 그것이 내가 맞지 않는 이 반바지를 계속해서 간직하는 까닭이다.

° 그 겨울, 바깥은 눈물이 찔끔 나게 추웠지만
방을 따듯하게 만들고 함께 있으면
반바지를 입고도 겨울을 낼 수 있었다.

° 또다시 이 반바지를 입게 될 사람을 기다리는 일,

봄을 기억하는 치앙마이 원피스

Vintage Silver Dress

두 번째 치앙마이 방문이었다. 춥고 말이 통하지 않는 나라에서 한 달 반을 살아내고 도망치듯 도착한 방콕에서, 다시 이동한 치앙마이에서 입을 옷을 마구 사댔다. 네모 모양의 수로를 낀 도시인 치앙마이에서 나는 '올드타운 Old Town'이라 불리는 수로 안쪽을 주로 돌아다녔다. 올드타운 안에는 이 층짜리 커다란 구제 옷 가게가 있었는데, 숙소와 가까워 나는 종종 늦은 오후에 숙소에서 나와 늦은 점심을 먹고 그 구제 옷 가게의 옷들을 구경하곤 했다.

로브처럼 생긴 치렁치렁하고 반짝이는 은색 원피스를 산 것도 그 구제 옷 가게에서였다. 치앙마이의 옷들은 가격도 저렴했기에, 큰 고민 없이 샀다. '한국에서도 입을까?' 하는 고민들 말이다. 어깨가 없는 오프숄더 투피스를 사기도, 등이 확 파여 몸통의 앞쪽만 가리고 있다는 생각이 드는 민소매와, 앞쪽마저도 잘 가려지지 않는다는 생각이 드는 민소매를 많이 샀다. 물론 그 옷들을 한국에서도 지금까지 입고 다니고 있다.

치렁치렁한 은색 원피스는 그중에서 나름대로 한국에서 입어도 크게 튀지 않는 옷이었다. 얇았기에 많이 덥지 않은 여름에도 입었고, 겨울에는 목폴라 셔츠를 안에 입었다. 원피스에 코트를 걸치면 조금 덥다고 생각될 정도의 봄날이었다. 봄의 분위기를 내고 싶었기에 원피스를 택했을 테고, 완연한 봄은 아니었기에 그 위에 검은색 긴 코트를 입었다. 한낮, 종로3가에서 을지로3가까지 걸으며 코트를 벗었다. 을지로3가의 어느 카페에서 칵테일을 마셨고 인쇄소 사장님과 만나 노가리 골목에서 생맥주를 마셨다. 곧, 내가 술을 마시고 있다는 걸 알게 된 친구까지 합세해 마음을 다잡고 술을 마시기 시작했다.

그때, 며칠 전 틴더에서 만난 사람이 일하는 을지로의 한 가게가 생각났다. 그 사람은 내게 [작가님 안녕하세요.] 인사를 했고, 나는 [작가라뇨 ㅋㅋㅋ] 하는 답을 보냈다. 알고 보니 이미 그는 내가 쓴 몇 권의 책을 읽었고, 인스타그램에서 팔로우까지 하고 있었다. 그에게 메시지를 보냈다.

[을지로인데, 가도 되나요?]

[물론이죠.]

먼저 취해 떠난 인쇄소 사장님을 배웅하고, 친구와 나는 그 술집으로 향했다. 술집에 들어서자, 얼굴은 잘 몰랐지만 오픈키친 한편에 쭈뼛하게 서 있는 사람이 그라는 것을 알 수 있었다. 그에게서 추천받은 음식을 시켰다. 한 잔에 사천오백 원인지 알았던 술은 한 병에 사만 오천 원이었고, 이미 취한 나는 그 사실이 너무 웃겨 인스타그램에 '술 드시러 오실 분?' 하는 스토리를 올렸다. 놀랍게도 게시물에 반응한 사람이 있었고, 처음 만난 그 사람과 셋이서 술을 마시기 시작했다. 나는 그러면서 그곳으로 초대한 사람의 뒷모습을 살폈다.

가게에서 나오며 그에게 "이따가 끝나고 시간 되면 같이 맥주 마셔요." 하고 말했지만, 나중에야 그가 마감할 열 시면 다른 가게들도 문을 닫는 사실을 깨달았다. [서비스 대구, 고마웠어요! 맥주 마시자고 했는데 생각해 보니 그때면 다른 가게들도 닫네요.] 메시지를 보냈다. 우리는 다시 맥주를 마시러 갔다. 감자튀김에 맥주를 마시며 나는 그가 허리를 짚는 방식을 떠올렸다.

가게들의 문은 닫지만 그럼에도 어디에서 그와 맥주 한 잔을 마실 수는 있지 않을까 싶었다. 해방촌에서 을지로로 옮겨왔지만 여전히 1km 반경 내에 있는 그에게 "어쩌다 내 책을 읽었나요?" 물어보고 싶었다. 그가 읽었다는 내가 쓴 책이 <폐쇄 병동으로의 휴가>와 <취하지 않고서야>의 조합이 아니었다면 그리 궁금하지 않았을지 모른다, 는 핑계로 그에게 [언제 끝나나요?] 메시지를 보냈다.

새로 생긴 일행에게 아까 그 사람과 맥주 한잔 마실 수 있지 않을까 싶어 메시지를 보냈는데 답이 오지 않는다 말했다. 일행은 열 시가 지났으니 곧 답이 오지 않을까 말했고, 날씨도 좋으니 익선동까지 걸으며 기다려 보자 했다. 우리는 을지로에서 종로, 세운상가를 지나 안국역까지 걸었다. 일행은 이야기를 하다 자주 "공기가 좋네요." 말했고, 그때마다 나는 마스크를 입에서 조금 떼 공기 냄새를 맡았다. 벌써 여름 냄새가 조금, 아주 조금 섞여 부는 것만 같았다.

답이 오지 않아 하는 수 없이 집으로 향했고, 가는 길 버스 안에서 그의 인스타그램 계정에 '팔로우'를 눌렀다. 그에게서 답이 온 건 집에 도착하고도 한참 뒤였다.

[오늘은 조금 늦게 끝났네요.]

집에서까지 또 술을 마시고 그 장면을 인스타그램으로 송출까지 한 내가 잠들고 나서, 그에게 메시지가 와 있었다.

[푹 쉬고 잘 자요. 오늘 고생 많았어요.]

그가, 그의 이야기가 궁금했는데… 어쩐지 아쉬운 마음이 들었다. 그는 그 책들을 왜, 어떻게 읽었고, 나와 틴더에서 매칭이 되었을 때 어떤 기분이었을지 궁금했다. 그가 들린다고 한 것처럼 책방에서 커피를 건네는 시간 정도로 될 것이 아니었다.

우리는 그 사이에 함께 술을 마시게 되었고, 자주 연락하는 사이가 되었고, 종종 만나는 사이가 되었다. 봄이 오고 그와 손을 맞잡고 청계천으로 걸었던 어느 날에는 이제 그 원피스 외에 아무것도 걸치지 않은 채였다. 그가 물었다.

　"그 옷 어디서 산 거야?"

　"이거? 치앙마이!"

　"이 옷도 치앙마이에서 산 거야. 같은 데서 산 옷 입었네."

　그 봄, 여름 냄새가 나는 바람이 자주 불었다. 아직도 그 옷을 서랍 가장 잘 보이는 곳에 넣어놓고, 가끔 을지로와 종로, 청계천에서의 짧았던 봄날을 떠올린다.

° 그 봄, 여름 냄새가 나는 바람이 자주 불었다.

같은 땅을 밟았다는 이유만으로

'Maldive Mojito' Shirts from Okinawa

한동안의 취미는 스카이스캐너 Sky Scanner 앱으로 저렴한 항공권을 찾는 일이었다. 어느 정도 일을 마무리 짓고, 예를 들어 한 권의 책을 만들고, 어딘가로 훌쩍 떠났다가 돌아와 다시 일을 시작하곤 했다. 가깝게는 제주도에서 멀게는 오키나와, 방콕과 치앙마이. 매번 즉흥 여행이었다. 그중에서도 오키나와는 더욱이 즉흥적이었는데, 머리가 터질 것 같던 어느 프로젝트를 하던 봄에 두 주 후의 항공권을 충동적으로 예약해 떠났다.

언제나 그렇듯 계획 없이 혼자 떠난 오키나와에서는 별달리 할 일이 없었다. 계획도 없고 지리도 모르는 내가 묵고 있던 작은 동네에는 술집 두어 곳과 밥집 두어 곳이 전부였고, 작은 해변까지는 걸어서 갈 수 있었다. 그래서 그곳에서 머문 열흘 남짓은 주로 편의점 음식으로 끼니를 때웠다. 하릴없이 해변을 산책하고 바다에 둥둥 떠 있다가 수영복 차림으로 아이스크림 자판기에서 아이스크림을 하나 사 먹으며 걷는 정도로 보냈다.

그러던 며칠 사이, 한 번은 버스를 탈 의욕이 생겨 버스를 타고 '아메리칸 빌리지'라는 곳까지 가보았다. 그곳에서 '귀엽지만 비싸다.', '입고는 다닐까.'라는 생각으로 한참을 고민하다 산 옷이 'Maldive Mojito'라는 문구와 함께 모히또의 그림이 그려진 옅은 갈색 반팔 셔츠였다. 얼마나 고민했는지 아메리칸 빌리지 초입에서 그 옷을 보고, 그 끝의 쇼핑몰까지 갔다 돌아올 때까지 이 셔츠를 살까 말까 고민만 했다. 결과적으로 이 몰디브 모히또 셔츠는 아직도 여름마다 잘 입는다. 이 셔츠를 입고 누군가를 만날 때마다 "이 셔츠 귀엽죠? 오키나와에서 산 거예요." 말하고 다닌다.

J는 일을 잠깐 쉬던 즈음, 오키나와에 갔다가 추석을 한국에서 보내고 치앙마이로 향했단다. 나와 비슷한 시기에 같은 곳에 갔었다. 그래서 우리는 여행을 다녀온 지 두세 해가 지난 지금까지도 "아, 여행 가고 싶다."라는 말을 시작으로 오키나와와 치앙마이에서

의 이야기를 꺼내곤 한다. 그런 J와는 자주 여행 이야기를 하곤 하는데, 항상 "내가 말한 적 있지?"라고 하며 시작하는 옛날이야기다. 나는 그런 그의 반복된 이야기가 지겹지 않고 항상 즐거웠다.

J는 나와 다르게 오키나와의 다른 쪽 동네에 터를 잡고 이 주 정도를 보내면서 렌트를 했다고 했다. 좌측 운전은 생각만 해도 무서운 나와 다르게(치앙마이에서 좌회전을 하다가 역주행을 한 적 있다.), J의 자기소개는 '좌측 운전을 잘하며…'로 시작한다. J는 그렇게 차를 타고 머물던 동네에서 내가 머물던 오키나와 시내, 아메리칸 빌리지 등지를 쏘다녔다고 했다. 그러면서 청소년 야구 한일전을 한 이자카야에서 보며, '우리나라가 져야 여기 분위기가 좋아질 텐데.' 하고 긴장했던 이야기를 몇 번이고 들려주곤 했다. 나는 그 이야기를 몇 번이나 들었지만, 들을 때마다 그를 빤히 바라보며 빙긋 웃었다. 그 이야기를 하는 J의 표정이 행복해 보였기 때문이다.

여전히 어떤 이야기에도 빙긋 웃어줄 수 있는 J와 함께 따뜻한 나라로, 오키나와로, 혹은 치앙마이로 함께 갈 수 있는 날이 오지는 않을 것이다. 하지만 나는 여전히 그가 오키나와에 대해 이야기하는 얼굴을 떠올리며, 나의 소소하고 평화로웠던 오키나와를 떠올리며, 몰디브 모히또 티셔츠를 꺼내 입는다.

"이 옷 오키나와에서 산 거예요. 몰디브 모히또, 예쁘죠?" 하면서.

° 나는 그 이야기를 몇 번이나 들었지만,
　들을 때마다 그를 빤히 바라보며 빙긋 웃었다.

° 나는 그런 그의 반복된 이야기가
　지겹지 않고 항상 즐거웠다.

사랑의 모양

T-shirts named as 'Shape of Love'

틴더에서 만난 사람들에 대해 다룬, 서아의 <헬로, 스트레인져>라는 책 디자인 작업을 할 때였다. 도통 '틴더'라는 소재와 '사랑'과 '다양한 만남'이라는 다양한 소재를 두고 어떤 작업을 해내야 할지 알 수 없어서, 여러 방면으로 그림을 그려보기도 하고 디자인 작업을 하기도 하면서 밤을 새웠다.

새벽이었나, 새벽처럼 느껴지던 낮이었나, 이 다양한 모양의 사랑들을 글자로 써보기로 했다. 'LOVE', 'love', 'Luv' 등 다양한 스펠링과 필체로 사랑을 그려냈다. 그러다 문득, 이 사랑들을 다 지우기로 했다. '어차피 안될 사랑….' 하는 비관적인 마음이 갑자기 들었기 때문이다. 파란색 펜으로 사랑들을 모두 다른 모양으로 지우기 시작했다. 어떤 사랑은 줄 하나로, 어떤 사랑은 'X' 모양으로, 어떤 사랑은 보이지 않을 정도로 박박 지웠다. 이렇게 완성한 사랑에 대한 나의 '결과물'은 꽤 보기 좋은 모양이 되었다.

"재은, 이 이미지 어때?"

"티셔츠로 만들면 예쁠 것 같아."

나는 그 말을 바로 실행하기로 했다. 두 장의 샘플을 만들었고, 재은과 종길에게 옷을 입혀 사진을 찍었으며, 예약 판매로 여러 장을 찍어내기로 했다. 샘플을 유심히 보던 재은이 '사랑' 하나를 남겨놓으면 어떨까 제안했다. 나는 모든 사랑이 다른 모양으로 지워진다는 비관적인 컨셉으로 만들었으나, 재은의 제안은 조금 긍정적으로 '진정한 사랑, 아직 다가올 사랑, 아직 우리가 발견하지 못했을 사랑이 있으니 하나를 남기자는 뜻이었다. 나도 그 말에 동의해 하나의 사랑은 살려두었는데, 그 뜻에 동감해 주거나 좋다고 말하는 사람들이 많았다.

우리는 모여서 옷을 부직포 봉투에 포장하고, 사람들에게 배송하고, 마켓에서 티셔츠를 팔았다. 이 '사랑의 모양' 티셔츠는 200여 장을 제작해 모두 누군가의 옷장으로 떠났다.

*

사랑에 자주 실패한다. 성공한 사랑이 얼마나 있

을지 싶기도 하지만, 내 사랑만은 언제나, 그리고 훨씬 자주 실패하는 기분이다. 누군가에게 호감을 느끼고, 좋아하고, 사랑이라 말할 수 있을 정도로 농익고, 만나거나 만나지 않거나, 어쨌거나 실패라 불릴만해 어떻게든 지워야만 한다. 이런 '사랑의 모양'은 내가 그려 만든 티셔츠의 모습과 같다. 모두 다른 모습으로 쓰이고 또 다른 모습으로 지워진다.

재은이 제안한 '살려둔 사랑' 그러니까, '지우지 않은 사랑'은 어디에서 찾아야 할지 모르겠다. 사랑에 대한 이야기를 종종 글로 쓰고, 말로는 많이도 하지만 모든 사랑이 어렵고 두렵다. 누군가에게 사랑받을 존재가 될 수 있을까, 서로 사랑하는 일이 가능하기나 한 것인가 알 수 없다. 그럼에도 지우지 않은 사랑은 내게 어떤 작은 희망 같은 것이다. 사랑을 찾을 수도 있을지 모른다는.

많은 날이 지나도, 여전히 그 지우지 않을 사랑 하나에 헤매고 있을까. 아니면 그 사랑을 지우지 않아 다행이라고 생각할까.

붉은색 옷을 입어도 된다는 것

Red Knit Shirts

디자인 전공을 하고 디자인 작업을 한다기엔 스스로가 색을 택하는 능력이 꽤 부족하다고 느낀다. 다만, 이상하게도 파란색과 회색 계열의 색들만은 기가 막히게 잘 구분하고 그중에서 예쁜 색을 잘 찾는다. 디자인한 책들도 대부분 파란색 계열이거나 회색, 베이지색 계열이 많다. 일부러 그런 건 아니지만, 실은 다른 색들은 잘 골라내기가 어렵다. 어떤 색이 좋은지도 잘 알기 어렵다. 색들의 미세한 차이에서 '좋은' 색을 고르기가 어렵다. 내 옷장도 마찬가지다. 대부분 무채색의 옷들, 그리고 감색 계열의 옷으로 가득 차 있다.

그런 생각을 하던 중에 한 연구 기사를 봤다. 우울한 사람들, 우울증이 있는 사람들은 보통의 사람들보다 파란색과 회색이 더 잘 보인다는 것이다. 마치 눈에 필터가 씌인 것처럼 말이다. 그때 그 연구와 기사가 꽤 신빙성이 있다고 느꼈다. 난 항상 우울했고, 우울하다 믿었고, 우울에 대해 이야기했으며, 우울한 글만을 써왔으니까.

빨강과 다홍의 중간쯤이라고 부를 수 있을 만한 붉은색 니트 셔츠는 어느 봄에 샀다. 그 봄에는 떠안고 끙끙 앓던 많은 것들을 내려놓고, 그 대신 집 앞 작은 마당 텃밭에 채소를 심고 요리를 해 먹었다. '내가 이런 걸 좋아하는 사람이었구나.'라고 어른이 되어 처음 느꼈다. 그러면서 울지 않고, 편안한 시간을 보낼 수 있었다. 그즈음 성신여대 근처를 지나다 한 장에 만 원이었나, 만 오천 원이었나, 하는 점포 앞에 나와 있는 이 붉은색 니트가 눈에 띄었다. 이 정도 가격이라면 사고 입지 않아도 기분 전환 겸 하나 사보는 것도 괜찮겠다 생각했다.

집에 와 옷을 입고 거울 바라봤다. 붉은색 옷을 언제 마지막으로 입어봤는지 기억나지 않았다. 하지만 붉은 니트 셔츠 속 내가 꽤 괜찮게 보였다. 내가 파란색보다 빨간색이 잘 어울리는 사람이라는 걸 그때 알았다. 빨간색 옷을 사 입을 수 있는 사람이 되었다는 것, 내겐 그게 이제 더는 세상을 파랑으로만 보지 않아도 된다는 신호였다.

그 신호는 나의 많은 것을 다르게 했다. 더 다양한 색의 옷을 고를 수 있었고, 더 풍요로운 색과 패턴이 가득한 옷을 찾게 했다. 그런 나를 보고 많은 이들이 "옷이 잘 어울려요." 말했다. 그리고 내가 만드는 책들이 푸르거나 회색빛이 돌지 않게, 빨강과 분홍, 노랑으로 다채롭게 만들어질 수 있게 했다. 다양한 색을 찾는 일은 생각보다 멋진 일임을 알게 했다. 자신을 더 괜찮아질 수 있게 만들 수 있음을 알았다.

가끔 "제 옷장에는 무채색 옷만 가득해요." 말하는 사람들을 만난다. 패션으로 무채색의 옷만 입는 것이 아니라면, 빨간색 옷 혹은 노란색 옷을 골라 입어 보는 게 어떨까. 어색한 모습으로 거울을 바라보겠지만, 다른 눈으로 봐주는 사람들이 있으리라. 달라진 기분의 자신을 만날 수 있으리라.

기분 전환 겸 산 저렴한 붉은색 니트 셔츠 한 장은 내게 이런 것들을 알게 했다.

가장 아름다운 모습으로

Flower Pattern Short Dress

'죽을 때 이 옷을 입고 죽어야지.'

… 생각한 원피스가 있다. 짧은 기장에 민소매, 진한 분홍색과 보라색이 섞인 꽃무늬 패턴의 원피스다.

아마도 대구 동성로의 어느 작은 가게에서 샀던 걸로 기억하는데, 짧은 기장이지만 너무 짧지는 않게, 내 몸에 꼭 맞아서 이 옷을 '가장 좋아하는 옷'이라고 말할 수 있겠다. 이 옷을 생일 때마다 입고 있는데, 이 옷만큼 영 화려한 옷이 또 없기 때문이기도 하고, 한 번 입고 나니 이듬해에도 그 이듬해에도 입고 있다. 눈썰미가 좋은 이들은 "작년에도 입은 옷이네!" 말하기도 한다.

어느 늦여름, '죽을 때 이 옷을 입고 죽어야지.'라고 생각한 일을 실행에 옮긴 적이 있다. 중간 과정은 설명하기를 생략하고, 결과적으로 정신을 차렸을 때 내가 있던 곳은 정신과 폐쇄병동이었다. 생일 파티를 해야 한다고 병동에서 내보내 달라고 주구장창 따라다니며 말하는 나에게, 주치의는 고개를 갸우뚱하며 절대 나갈 수 없다고 했다. 그해 생일은 결국 병실에서 몽쉘 몇 개를 쌓아놓고 같은 방 사람들과 함께 생일 축하 노래를 하며 보냈다.

그런 일, 그런 짓을 하고도 이 옷은 여전히 내가 가장 좋아하는 옷이다. 그래서 지난 생일에도 어김없이 이 옷을 입고 사람들을 마주했다. 나의 '생'을 축하하는 이들과 언젠가 '죽음'을 마주했던 옷을 입고 마주하는 일은 스스로에게도 꽤 이질감을 느끼게 했다. 죽음을 마주하려고 입었던 옷을 다시 입는다는 게 실은 꽤 겁나기도 했지만, 생일에 집어 들 옷은 그 옷뿐이었다. 역시나 눈썰미가 좋은 이들은 "재작년에도 입은 옷이네!" 말했지만, 나는 그 말을 그저 웃으며 들을 수만은 없었다. '작년'에 입을 수 없었던 이유가 있었기 때문이다.

내게 생과 죽음은 언제나 함께한다고 느껴지는 일이었다. 생에서의 개인으로 가장 특별한 날인 '생일'과 죽음에 가까웠을 때 같은 옷을 입었다. 생에서 가장 아름다울 날에도, 죽음에 가까워질 때도 '가장 아름다운 모습으로' 있고 싶다는 생각 때문이었다. 그런 의미에서 이 옷은 내게 언제나 생과 죽음, 조울에서 조(躁)와 울(鬱), 그 끝에 있는 옷이다.

평소에는 잘 입지 않는 화려한 꽃무늬 원피스를 고이 개며 삶과 그 끝을 재어본다.

두고 온 기억

Vintage Bomber Jacket

'나는 결코 입지 않을 것이리라….' 생각한 롱패딩을 결국 샀다.

 컨버터블 패딩으로, 아래 단의 지퍼를 열면 숏패딩으로도 입을 수 있는 옷이다. 롱패딩을 사면서 문득 '그동안 겨울엔 뭘 입었지?' 생각했다. 회색 모직 코트와 검은색 롱코트 외에는 도통 기억이 나질 않아, 예전 사진을 뒤져 보니 몸에 비해 사이즈가 큰 항공 점퍼를 종종 입었다. 겨울철 밖에 나갈 일을 최소화하고, 조금 추우면 회색 모직 코트를, 덜 추우면 검은색 롱코트를, 그리고 가장 추울 때의 외출이 불가피하다면 항공 점퍼를 입었다. 아마도 광장시장에서 삼사만 원쯤 주고 샀던 구제 점퍼로 기억한다.

 이 항공 점퍼를 왜 집에서 찾지 못했냐면, 저 멀리 터키(튀르키예)에 두고 왔기 때문이다. 한때의 나를 살아내게 만든다 여긴 이는 터키 사람으로, 불법체류자였다. 나는 그와 그의 친구를 한국에 온 지 5년 만에 집으로 데려다주기 위해 이름도 기억나지 않는 어느 외국인 센터에 가서 '다시는 불법체류를 하지 않겠습니다.' 하는 서류를 떼주기도 했다. 그리고 터키로 가는 편도 항공권 세 장을 샀다. 우리는 알마티에서 이스탄불로, 이스탄불에서 가지안테프로, 또 기억나지 않는 작은 마을로, 마을에서 앙카라로, 또다시 이스탄불로 이동했다.

작은 마을에서 한 달 반을 살아내며 꽤 많은 추억을 남겼다. 여전히 지우지 않은 사진이 이를 증명한다. 나는 주로 머무르던 집이나 이십 분을 걸어가야 했던 가장 가까운 카페에서 글을 쓰고 디자인 작업을 했다. 그때 쓴 글들은 재은에게 쓴 긴긴 편지로, 주로 타지에서의 생활이 어렵다는 이야기였다. 많이 열려있지만 어쨌든 이슬람 국가인 곳에서 살아가는 것도, 가난이 눈에 너무나 보이는 터키라는 나라에서의 생활도 어렵다는 내용이었던 걸로 기억한다. 그럼에도 그의 여섯 살짜리 조카와 함께 한국어와 터키어를 서로 알려주거나, 음식 준비를 같이하는 것을 낙으로 삼으며 지냈다.

너무 추웠던, 음식도 질렸던, 터키에서의 생활을 마무리하고 태국으로 이동하기로 했다. 하지만 짐은 이미 불어나 옷을 몇 벌은 두고 올 수밖에 없었다. 커다란 후드티는 그에게 주었고, 그곳에서 특별한 날이 있으면 입으려고 했던 원피스는 그의 사촌에게 주었고, 항공 점퍼는 너무 부피가 커 두고 오기로 했다. 그렇게 터키에서 태국으로 떠나는 날, 그는 아마도 다신 볼 수 없음을 직감했는지 눈물을 비추었다.

　　항공 점퍼와 옷가지들, 아이패드와 카메라를 두고 오면서 나는 그 시절의 기억을 모두 터키에 두고 왔다. 가끔 아이폰이 알려주는 '터키에서의 추억' 속, 터키의 아이가 입은 내 옷들을 보며 '이런 옷도 있었지.' 생각한다. 이름도 기억나지 않는 동네의 이름도, 기억나지 않는 아이, 친구들, 사람들의 얼굴들을 떠올린다. 그들은 내가 남긴 옷으로부터 나를 기억할까, 생각해 보는 밤이다.

　　나의 항공 점퍼는 누구에게 가 있을까. 어쩌면 그가 입고 다니며 과거의 나를 떠올릴까.

옷장을 열면 내가 기억되기를

Gray Fleece Jacket and Blue Shirts

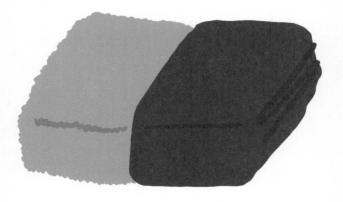

옷장을 열었는데, 도대체 무얼 입고 다녔는지 모르겠는 날이 있다. 옷장에는 옷이 한가득인데 막상 입을 옷은 없는 기분. 옷장을 뒤적이다가 문득 다른 이들에게 준 옷들이 꽤 많다는 걸 깨닫는다. 술만 마시면 건너편에 앉은 사람에게 무언가를 주지 못해 안달인 나이기에.

여행을 갈 때는 옷을 최대한 적게 들고 가서 현지의 옷을 사 입는 편이다. 그러면 나중까지도 옷에 의미와 추억이 배어 있다는 마음으로 옷을 입을 수가 있기 때문이다. 회색 후리스는 일본 오사카에서 샀는데, 생각보다 날씨가 춥기도 해서 껴입을 겸, 또 '후리스'라는 이름이 온 일본에서 사는 것도 꽤 의미가 있겠다 싶어서 샀다. 특별한 디자인은 아니고 후리스라고 하면 흔히 머릿속에 떠올릴 만한 그런 회색 후리스를 샀다.

이 옷은 어느 겨울 터키에 갈 때 들고 가서, 그다

음 행선지인 태국 치앙마이까지 가지고 가게 되었다. 겨울이었던 터키에서 여름 날씨인 치앙마이까지 가서 겨울옷을 꺼내입지는 않을 것만 같았다. 하지만 이월의 치앙마이는 꽤 쌀쌀했다. 그때 만난 장기 여행자 친구 하나와 숙소 안 테이블에서 술을 마시다가, 그가 너무 춥다고 하길래 창고에 넣어둔 겨울옷 가방을 뒤져 그 회색 후리스를 선뜻 건넸다. 그 친구는 이걸 받아도 되냐고 했지만, 나는 이 옷이 오사카에서 터키로부터 건너온 옷이라는 설명을 덧붙이며 특별한 마음으로 받아달라 했다.

오사카에서는 새파란 색의 셔츠도 하나 샀었다. 어쩐지 일본에서는 구제 옷을 사면 좋을 것 같다는 생각에 빈티지 가게를 이곳저곳 찾아다녔다. 그중에서도 나에게는 엄청 큰, 하지만 그 색이 너무나 예쁜 파란색의 셔츠를 하나 샀다. 이 셔츠를 걸치고 제주도든 강릉이든 이곳저곳 쏘다닌 기억이 난다.

게임을 하다가 알게 된 친구가 있다. 팀으로 총을 쏘는 게임이었는데, 하루는 어느 하나가 [나도 같이 게임 하자!]라고 했었다. 그렇게 친구가 되어 종종 함께 게임을 하곤 했는데, 언젠가부터 이 친구가 게임에 접속을 하지 않았고, 나는 계속 해서 게임을 했다. 언젠가 다시 이 친구가 게임에 접속을 한 걸 보고 나는 반가워서 [왜 이렇게 오랜만에 들어왔어?]라고 물었더니, [고3이었어요. 수능 치고 다시 왔어요.]라고 답했다. 고등학생인 건 알았고, 자기 입으로 공부를 잘한다고 말한 적도 있는 친구였다. 그렇게 이 친구는 우리 동네 근처 대학생이 되어서, 동네 친구들을 소개해 주고 함께 게임도 가끔 하면서 시간을 보냈다. 그러던 어느 늦여름, 꽤 쌀쌀해진 날씨에 반팔만 입고 있던 그 친구에게 입고 있던 그 새파란 셔츠를 건넸다. 안 받겠다는 걸 "이 옷은 말이야." 하는 설명과 함께 걸쳐줬던 걸로 기억한다. 꽤 취해서 내 기억이 올바른 것인지는 모르겠지만, 내가 아끼는 옷이라며 오사카에서 온 옷이라는 부연 설명을 한참을 덧대서 말이다.

다들 그 옷을 아직도 가지고 있을까, 아니면 입지 않아 버렸을까, 또 아니면 가끔 꺼내 입으면서 그때의 나와 내 설명을 기억할까?

김현경

보이지 않는 것을 보이게 하는 작업을 합니다.

디자인을 하고 종종 글을 쓰며 가끔 그림을 그립니다.

<아무것도 할 수 있는>을 엮고, <폐쇄병동으로의 휴가>, <오늘 밤만 나랑 있자>, <여름밤, 비 냄새> 등을 썼습니다.

손현녕의 옷장

·

"나는 오늘도 나마스떼 반지를 낀 채 글을 쓴다.
언니의 요가처럼, 언니의 명상처럼."

레깅스 입은 여자를 처음 보세요?

"언니 나 호주에서 돌아와서 제일 많이 받는 시선이 뭔 줄 알아? 지하철 타면 할머니, 할아버지들이 내 다리 쳐다보는 거. 내 옷 쳐다보는 거야. 심지어 직접 뭐라고 하시는 분도 계셔. 이거 맞아?"

연수는 호주에서 학창 시절을 모두 보내고 한국에 돌아왔다. 그리고 오랜만에 만난 나에게 던진 첫 마디가 그랬다. 오랜 시간이 지나며 한국에서의 나와 호주에서 긴 시간을 보낸 연수는 지향하고 표현하는 자유로움의 크기부터가 달라졌다. 그건 우리가 입은 옷에서부터 드러났다. 끈이 없는 상의는 배꼽 위로 올라붙어 있었고 그 아래는 하체의 실루엣이 그대로 드러나는 레깅스를 입은 연수였다. 그런 것에 거부감보다 경외심의 마음으로 또는 약간의 부러움을 실어 초롱초롱하게 그녀의 말을 듣다 보니 '내가 레깅스를 안 입는 건 아닌데?' 나도 그녀처럼 길을 지나다니면서 한 번쯤은 느껴본 적 있던 그 시선들이 떠올랐다.

　한창 헬스장에 매일같이 출석 도장을 찍던 때였다. 헬스장에서 주는 옷보다 레깅스를 입고 하체운동을 하면 거울에 비치는 내 모습이 더욱 대견해 보이는 것은 물론 남들은 알 수 없는, 오직 나만이 느낄 수 있는 근육의 움직임이나 흐트러짐 없는 자세를 구경하는 나 자신이 좋았다. 물론 운동을 수행하는 면에서 기능적 장점도 훨씬 뛰어났다. 여러모로 레깅스는 하체운동 하는 날, 마치 근무복이나 입지 않으면 안 되는 유니폼처럼 당연히 입게 되는 옷이었다.

　어느 날 오후, 검은색 레깅스를 입고 집 앞 주차장에서 겪은 봉변은 아래와 같다. 기계식 주차장에서 출차하기 위해 번호를 눌러놓고 기다리는 상황에 길을 걸어가시던 아주머니가 나를 쳐다보시면서 점점 가까이 몸을 붙여 왔다. 이때부터 매우 당황하며 이상함을 감지했는데,

　아주머니 : 아가씨.

　나 : 네 ?

아주머니 : 어디 이렇게 따악- 붙는 쫄바지 같은 거를 입고 다니노?

나 : (벙찜)

아주머니 : 숭하다 숭해. 어디 남자 꼬실라고 그래 입고 다니나?

나 : (2차 벙찜)

아주머니 : 그런 거 입지 마. 조심하란 말이야.

아주머니는 똥을 투척하시고는 유유히 뒷짐을 진 채 나에게서 멀어졌지만 오물을 뒤집어쓴 기분으로 차를 기다리던 나는 차가 다 나왔다는 기계 알람음에도 그 자리에 서서 어이없는 표정으로 서 있었다. 제법 엉덩이를 덮는 긴 상의를 입고 있었음에도 아주머니는 무엇이 그리 불편하셨을까, 그녀를 이해해 보려는 마음의 움직임이 시작되었고. 결국 '아주머니의 남편분이 레깅스 입은 여자와 바람이 나셨다.' 까지 상상을 마치고서야 그녀의 똥을 스스로 치워낼 수 있었다.

나마스떼 은반지

Namaste.

언니는 요가를 했다. 우리가 처음 만난 날, 테이블 위에는 책이 여러 권 놓여 있었지만 둘 사이에 읽기나 쓰기에 대한 접점은 조금도 없었다. 어색한 분위기에 으레 묻는 취미나 근황을 물으며 분위기를 뭉개보려 했다. 그녀는 말을 나눠 보지 않아도 심지부터 단단해 보이는 사람인데 자기가 빠져 있는 것을 이야기할 땐 두 눈에서 반짝 빛이 새어 나왔다. "나는 요가를 해요."

그녀에게 요가는 처음부터 평온에 이르거나 마음속 깊은 곳에 닿아 자신을 알아가는 과정과 같은 깨달음이 아니었다. 하루 종일 사무실 책상에 앉아 허리 한 번 제대로 못 펴고 일하다 어느 날 디스크가 터지고 그제야 회사가 주는 돈으로 허리를 고쳐보고자 물어물어 찾은 곳이 요가원이었던 것이다. 마음 수양? 그런 것은 후에 안 것이지 먼저 살고 보자 싶어 그녀는 요가를 시작했다.

요가를 시작하기 전 그녀가 스스로를 묘사하는 모습이 지금의 나와 꼭 닮아 있었다. 남들보다 예민하고 까칠해 어딜 가도 작은 것에 흥분하기 쉬운 모습과 이유를 막론하고 내가 받는 부당함에는 화부터 나기 일쑤고 제 뿔에 지치듯 내가 부리는 화에 금세 에너지가 고갈되곤 했다. 그런 나를 누구보다 내가 가장 잘 알고, 그런 스스로가 마음에 들지 않았다. 그리하여 내가 원하는 모습이란 무어라 규정짓고 형용할 수는 없어도 결국 내가 나를 마음에 들어 하면 좋겠다고 엉성하게 말할 뿐이었다. 그런데 내 앞에 앉은 언니는 요가와 명상을 통해 그 모습에 한 걸음씩 거북이처럼 느릴 때도 있지만, 아니 다시 옛날의 싫은 모습으로 돌아갈 때도 있지만 천천히 나다움에 다가가고 있다고 했다.

그래서 나는 요가를 시작했다. 허리 디스크가 터진 것도, 몸을 혹사하는 회사 사장이 있는 것도 아니지만 마음에 드는 나를 발견하고 싶어 요가를 다녔다. 요가에는 여러 종류가 있었으나 이론적인 공부에는 관심 없고 오직 그 언니가 다니는 요가원이면 다 된 것이었다. 흡사 전교 1등이 다니는 학원에 다니면 나도 그 아이처럼 될 거라는 어리석음과도 같았다.

부산에서 내로라하는 지도자에게 혹독하게 삼 개월을 배웠다. 새벽 공기 마시며 귀찮아도 매일 요가를 하러 갔다. 온몸에 땀이 흐르고 수련하는 내내 짜증이 올라와도 마지막 대자로 누워 눈을 감는 동작에서 맛보는 천국은 다음 날도 요가원을 찾게 만들었다. 그런데 거기까지였다. 서른 해 넘게 케케묵은 마음은 이 몸뚱이가 잠시 천국을 다녀온들 쉬이 변할 생각이 없었다. 몸과 마음이 이어져 있다는데 몸이 평온에 이른 그 찰나에도 마음은 아직도 악몽 속에 살았다. 요가의 문제가 아니라 내 끈기의 문제였고 조급하게 나를 돌리려는 수작에 내가 지친 결과물이었다.

나는 요가를 그만뒀다. 언니는 요가에 더욱 매진했다. 발리에 요가 여행을 다녀오고 매일 아침 여섯 시에 하루도 빠지지 않고 몇 년째 명상을 곁들인다고 했다. 요가를 찔끔 다니고 그만둔 나는 언니처럼 되고 싶었다. 아무런 노력도 하지 않은 채, 도둑놈처럼 말이다. 언니는 투덜대기만 하는 나를 다그치지 않았다. 어느 날 작은 반지를 손에 쥐어 주며 말했다.

"현녕, 요가가 다른 게 아니야. 너는 너만의 요가를 하고 있잖아."

"어떤 거요, 언니?"

"매일 글을 쓰고, 정신분석 상담을 받으면서 마음을 돌보고 들여다보잖아. 그건 분명 요가나 명상이랑 같은 맥락이 아닐까?"

그리고 내 손에 들어온 반지를 내려다봤다. 반짝이는 은반지, 나마스떼라고 적혀 있는 예쁜 반지. 언니는 나에게 말해주고 싶었나 보다.

'현녕, 너를 있는 그대로 존중해. 너의 존재에 감사해.'

나는 오늘도 나마스떼 반지를 낀 채 글을 쓴다. 언니의 요가처럼, 언니의 명상처럼.

내가 원하는 모습이란 무어라 규정짓고 형용할 수는
없어도 결국 내가 나를 마음에 들면 좋겠다고
엉성하게 말할 뿐이었다.

물속에선 샤이니

"어차피 물에 들어가면 안 보이는데 그게 그렇게 중요해?"

수영복 사이트를 제집 드나들 듯이 쏘다니던 나를 한심하게 쳐다보다 그녀는 참지 못해 한마디 거들고 말았다. 수영복을 입고 보내는 시간은 하루 한 시간쯤, 게다가 수영복-쑈를 하는 것도 아닌데 심지어 물 안에서 그 누구도 쳐다보지 않는 것 아니냐는 꽤 논리적인 반박이었다. 그녀는 수영을 할 줄 알았지만 수영장을 꾸준히 다니는 사람은 아니었으므로 내 이 터질듯한 물욕을 이해하지 못하는 거라고 나는 혼자 속으로 중얼거리며 무시했다.

부끄럽게도 수영복을 한 달에 서너 벌을 사재꼈다. (구매했다, 샀다 정도의 어감은 폭발적으로 돈을 쓰던 내 행동을 담지 못하는 단어라 '재꼈다'라는 보조 동사를 덧붙인다.) 그 조각보만 한 크기에 한 벌당 십만 원 가까이 하니 석 달만 사재꼈어도 수영복만 백만 원

어치를 산 것이다. 게다가 수영할 때 수영복만 필요한 게 아니다. 수영복 색깔에 맞추어 수모도 맞춰야 하고 수경도 고무 패킹으로 된 것과 플라스틱 그대로 쓰는 것, 수경 줄을 더 편하게 갈아 끼울 수 있는 것까지 사야 했다. 오리발은 가장 부드럽고 힘이 좋은 것으로 고르느라 그달에는 통장에 구멍이 나고 돈이 줄줄 새어 나갔다. 그럼에도 또 수영 가방이나 자세 교정을 위한 스노클링 기구 등 살 것은 차고 넘쳤다.

왜 이렇게 많이 살까. 왜 수영복 두어 개로 만족할 수 없을까. 드디어 때늦은 고찰을 시작했다. 수영을 좋아하는 사람들 사이에선 수영에 재미를 잃는 시기를 '수태기'라고 한다. 이 수태기는 새로운 수영복을 장만하는 것으로 해결된다고 하는데, 나는 어쩌면 자유형 발차기를 배울 때부터 수태기가 찾아왔나 회상했다. 무언가 지루해지는 권태기보다 나는 나에게 때에 맞춰 적당한 보상을 잘하는 사람이라 이런 일이 시작되었음을 깨달았다.

서른을 넘기고도 수영을 할 줄 몰랐는데 삶에

는 미련이 없다 입버릇처럼 말하면서 어느 날 물에 빠지면 살아남아야겠다는 일념으로 수영을 배우러 갔다. 물에 뜰 줄 아는 정도였고 그나마도 발이 땅에 닿을 때 가능했다. 그런 수준에서 처음 배운 것은 당연히 킥판을 잡고 무릎을 편 채 발차기를 하는 건데, 그 왕초보 레인에는 우리 동네 어느 아주머니와 나 단 두 명만 있었다. 나는 검은색 U자 원피스 수영복을 입었고, 아주머니는 반팔에 반바지 검은색 수영복을 입었다. 반대로 중급, 고급, 연수반 레인으로 갈수록 수영복의 색은 밝은색-형광색-흡사 갈치로 오인 받을 지경의 반짝이 수영복으로 찬란해 보였다. 수영복의 색은 곧 실력이자 자신감이었다.

목표지향적이고 성취감이 중요한 인간인 나는 그때 실력으로 저 수영복을 입겠노라 다짐했다. 그래서 실력이랄 것도 없지만 한 단계, 한 단계 올라가면, 그러니까 못 하던 것을 하게 되었을 때 스스로 선물을 주자고 약속을 했다. 처음으로 킥판을 손에서 떼고 자유형에 성공했을 때 나는 검은색 수영복을 버리고 배럴 보라색 수영복을 샀다. 검은색에서 보라색으로의 변화는 사뭇 진지하고 고민을 오래 한 선택이었는데 그것은 그다음과 다음의 고삐 풀린 변화를 위한 시작에 불과했다.

평영 발차기를 성공하고, 평영 손동작과 어우러질 때 또 하나를 샀다. 아레나가 디즈이즈네버댓 브랜드와 콜라보 해서 만든 수영복인데, 연한 카키색에 아주 멋들어진 것이었다. 수모까지도 완벽하게 세트로 장착했고 수영장 어머님들은 요즘 자주 수영복이 바뀐다며 한 마디씩 알아봐 주셨다.

그 뒤로도 르망고, 풀타임, 딜라잇풀 등 수영복 브랜드를 모두 섭렵해 가며 수영복을 사재끼다가, 접영을 성공한 날 내 마지막 로망인 브랜드 '졸린'을 기쁨에 가득 차 주문했다. 졸린은 엉덩이와 허리를 잇는 부분에 세 가닥 끈으로 되어 있는 것이 섹시큐티한데, 나는 그것이 수영 고수로 보이게 하는 큰 부분이라 생각했다. 왜냐하면 졸린 수영복은 팬티라인, 컷이 높은데 그것은 왁싱과 마음의 용기 등 여러 가지가 준비된 자만이 시도할 수 있는 것이었다. 그런 것은 접영 정도는 할 줄 알아야, 중급에서 고급반으로 넘어가야만 구매할 수 있지 않냐며 한계를 걸어둔 것이라 달성한 순간 나는 스스로 통크게 선물을 한 것이다.

그럼 지금쯤 궁금할 수 있다. 이 작자의 옷장에는 수영복이 몇 벌인가? 쉬지 않고 계속 샀다면 한 달에 세 벌 곱하기 열 달이라 잡아도 삼백 벌이 아닌가?! 이걸 다행이라 해도 될지 모르겠다. 앞서 언급한 것처럼 나는 목표가 뚜렷해야 하고 성취감이 있어야 움직이는 인간이라 접영 이후에 다른 새로운 것이 없어 급격하게 흥미를 잃었다. (물론 마스터를 했다는 뜻은 아니다. 기록을 단축하고 자세를 다듬는 것에는 끝이 없다는 것을 잘 안다. 다만 그 과정이 지루하고 반복되는 노동으로 느껴져 그만두었다.) 그렇게 덩달아 수영복 사재끼기도 자연스레 멈췄다. 한 때 스스로에게 선물이란 명목에 내가 나에게 받은 수영복은 총 열 벌쯤 된다. (그렇다고 해 두겠다.)

그런데도 우스운 것은 무엇이냐. 가끔 친구들이 수영장에 놀러 가자 할 때, 나는 마땅히 입을 수

영복이 안 보인다. 내 마음에 쏙 들고 지금 당장 입
고 싶은 수영복은 인터넷 장바구니에만 있다. 옷장
의 수영복들아, 미안하다. 나는 오랜만에 수영복을
사야겠다.

° 왜 이렇게 많이 살까.
수영복 한두 개로 만족할 수 없을까.

° 처음으로 킥판을 손에서 떼고 자유형에 성공했을 때
나는 검은색 수영복을 버리고 배럴 보라색 수영복을
샀다.

부직포 초록 코트 ❶

장롱 속 끄트머리에 오래 자리를 지키고 서 있는 초록색 나무가 있다. 장롱문을 여닫을 때마다 그 나무와 눈이 마주치지만 알은 채 하지 않는다. 쨍한 초록이 촌스럽기도 하다. 초등학교 교실 뒤편에 환경미화부장이 채워 넣어야 할 법한 이 초록색 모직 코트는 언제부터 저기에 있었나. 십오 년을 거슬러 올라간다.

　　중학생이었던 나는 꾸미는 일보다 먹는 걸 좋아했다. 하지만 남에게 보이는 일에 아예 무관심한 것도 아니라서 씻고 입고 바르는 일에 꽤 신경을 썼다. 그래봤자 선크림에 비비크림을 섞어 바르고 목과 다른 얼굴색은 보는 이의 부끄러움으로 남겨두는 정도였다. 중학생 신분에 옷은 매일 입는 교복이 전부였으니, 사복이란 아래위로 같이 입는 추리닝이나 뱃살에 숨 못 쉬어 곧 탈출할 것 같은 단추가 매달린 청바지 한 벌이었다.

그런 여중생에게도 어른 흉내 한 번쯤 내보고 싶은 날이 찾아올 줄이야. 그때는 수능이 얼마 남지 않은 겨울 초입이었는데, 친구가 수능 날 학교를 가지 않으니, 자기와 친한 오빠들과 함께 놀이공원에 놀러 가자며 바람을 불어 넣었다. 여자중학교에 학원도 다니지 않던 나에게 '남자'라는 이성은 호기심과 불안 그리고 설렘의 영역이었다. 그날은 여자중학생이 아니라 '여자'이고 싶은 마음 아니었을까. 어른인 척하려 했던 그 마음은 '여자 어른'이 되고 싶은 마음으로부터 시작했다.

이성을 만나러 가는데 소매에 때가 타서 쭈글쭈글한 패딩을 입고 갈 수는 없었다. 초등학교 때부터 입던 청바지는 키가 자라 언젠가부터 발목이 댕강 나왔는데 지금까지 아무렇지 않던 것이 남자와 놀이공원에 간다고 하니 발목이 시렵고 볼품없어 보이는 것이다. 머리부터 발끝까지 '메이크업 오버'가 필요하다는 결정이 내려졌다. 부모님께는 놀이공원에 가야 하고 책을 사야 한다는 전혀 앞뒤 맞지 않는 이야기로 용돈을 받았고 당장 친구에게 전화를 걸어 시내 보세 옷 가게로 향했다.

　그 당시, 무서운 눈을 하고 옷을 한 벌 사지 않으면 내 돈을 다 뺏고 험담을 할 것 같던 무서운 언니들이 옷 가게를 지키고 있었다. 옷을 둘러보고 그냥 나가면 잘 가라는 인사를 하긴커녕 안녕히 계시라는 인사까지 무시했다. 지금 성인이 되어 보니 얼마나 어쭙잖은 사람들이었나. 그들도 마음이 다 자라지 못해서 그랬을 것이다. 자라다 만 마음은 늘 그렇다.

　어쨌거나 거리를 헤매다 어떤 강렬한 초록색이 자기를 한번 입어봐라 손짓하는 것 같았고 이끌리듯 그곳에서 한 번 걸쳐보고는 그 부직포 초록색 코트를 사고 말았다. 꽤 비쌌지만 (부직포 재질치고는) 그 나름 귀여운 트리가 될 거라는 마음으로 샀으리라. 이제 남은 것은 수능 당일, 수험생은 떨리는 마음으로 고사장에 향하고 나는 부직포 트리가 되어 놀이공원으로 향한다.

부직포 초록 코트 ②

아직 영글지 않은 열매를 보면 그 때깔이 곱다. 반질반질하게 윤이 나고 무엇이 되려고, 얼마나 커지려고 매일 밤 몸을 부풀리나 싶어 오래 눈이 간다. 그래서 그 자체로 어여쁘다. 향기가 없어도, 잎을 크게 걸치지 않아도 그대로 아름답다. 거기서 무언가를 더 하는 것은 오히려 어색함에 원래 색을 잃는다.

하교 시간이면 길거리에 아이들이 쏟아져 나온다. 원래 학교에서 제공하는 교복 사이즈 그대로 갖춰 입은 아이들을 보면 그게 그렇게 예쁘다. 영글지 않은 열매 같아서 반짝 빛이 난다. 그 옆을 지나가는 한 아이, 어디까지 올라가는지도 모를 아이라인을 그리고 '나는 눈썹이다~!~!' 하는 눈썹을 그리고는 입술은 과한 틴트로 입술 선이 턱 아래로 넘실댄다. 교복 역시 '여자 어른'의 흉내를 톡톡히 낸 것으로 보인다. 그럴 때면 아직 익지 않은 열매가 땅에 떨어져 버린 것을 본 기분이다. 그대로도 예쁘다는 건 시간이 지나 어른이 되었을 때나 알 수 있다. 지금을 지나고 있는 우리는 절대 지금의 우리를 모른다.

나 역시 몰랐으니 부직포 초록 코트를 입고 크리스마스 나무 마냥 놀이공원을 갔을 것이다. 친구의 뾰족구두를 빌려 신고 말이다. 벙벙한 코트에 어쭙잖은 치마를 입고 뾰족구두라니, 지금의 내가 귀신이 되어 과거로 간다면 그 순간만큼은 현관에서 발을 걸어 넘어뜨리고 싶다. 구두를 신고 놀이공원이 가당키나 한가? 자유이용권을 끊고 입장하는 순간 두 발은 자유롭지 않았고 구두 안에서 까진 피부와 피의 환장콜라보레이션을 이루고 있었다.

설렘은 어디로 갔는지도 모르게 시간이 지날수록 지쳐갔다. 할 수만 있다면 구두를 당장 벗어버리고 맨발로 바이킹을 탈 수도 있을 것 같았다. 집에 오는 길에 결국 문방구에 들려 삼선 슬리퍼를 샀다. 부끄러움을 잊은 건 롤러코스터를 탈 때부터였을까. 그것도 모르겠다. 빨리 집에 돌아가서

이 무거운 부직포부터 벗어던지고 싶었다. 그때 우리 집은 3층 빌라였는데, 가끔 주차장에 1층 집 30대 아저씨가 나와서 담배를 피우곤 했다. 낭창하게 인사를 하면 곧잘 귀엽게 받아주곤 했는데, 그날은 꽤 힘들어 보였는지 아저씨가 먼저 인사를 건넸다. "곧 크리스마스라고 초록색 나무 옷을 샀어?"

　　"아... 그런 거 아니에요." 하고는 부끄러움에 얼른 다음 계단으로 몸을 숨겨 집까지 단숨에 뛰었다. 곧 찢어질 것 같은 종이가방에는 친구의 뾰족구두가 뒤축이 뻘겋게 피가 묻은 채 들려 있었다. 초록 모직 코트와 구두의 빨간 피는 어쩌면 아저씨 말처럼 다가올 크리스마스를 기념하고 있었나보다. 그 후로 초록 코트는 옷장에서 나온 적이 없었다. 입기가 부끄럽고 입으면 몸과 마음이 고될 거라는 걸 미리 알았다. 그러나 버리질 못 한다. 십오 년간 수 없는 이사와 옷 정리 속에서도 거뜬히 살아남았다. 그러고 보니 초록 코트는 단 한 번 입은 새 옷이구나. 이번 크리스마스에 살포시 꺼내 나무인 척 장식품을 매달고 조명으로 꾸며 봐도 좋겠다.

I love Melbourne

계획 없이 편도 비행기 티켓만 끊고서 떠나는 여행은 영화 속에나 나오는 일이다. 현실은 매일 비행기 가격을 비교하고 가장 저렴한 날에 맞추어 티켓을 구매한다. 그마저도 현생에서의 삶에 지장을 주지 않는 정도의 일정이겠지. 휴가나 연차를 쓴다거나 연휴를 맞추어야 하는 등 나를 구속하는 수많은 제약과 겨루기 싸움을 하는 것이다. 그런 것을 다 벗어던지고 떠날 때는 무엇에도 미련이 없거나 다녀와서도 인생이 아무쪼록 괜찮을 거라는 기대감 정도는 있어야 하지 않을까. 나는 어느 쪽이었을까.

약간의 허세와 자신감이 나를 호주로 떠나거라 등 떠민 것도 없지 않다. 언제든 돌아와서 다시 돈을 벌 수 있다는 허세와 디지털노마드 세상에서 노트북 하나만 있으면 지구 반대편에서도 나는 책을 만들어 팔 수 있다는 자신감이 있었다. 그래서 두 달을 한국과 계절이 다른 곳에서 보냈다. 왜 하필 호주 멜버른이었냐고 물으면 친구 소현이 삼 년째 그곳에서 생활하고 있었기 때문에 그녀에게 조금 신세를 지겠노라 하는 생각도 없지 않았다. 그러나 무엇보다 찜통더위의 한국을 한 해만이라도 피할 수 있다면, 더울 때 추운 나라로 여행가는 사치를 부리고 싶었던 걸지도 모른다.

호주에서 지낸 두 달 동안 가장 지출이 많았던 것은 우습게도 '옷'이었다. 떠나보니 나는 찌질하리만큼 미련이 많은 인간이었다. 노상 끝이 무섭고, 있다가 없어지면 그게 그렇게 두렵다. 그런 나에게 여행은 고문과도 같았다. 여행에는 반드시 끝이 있으니까, 다시 원래의 자리로 돌아가야 하는 것이 여행이니까 말이다. 호주 멜버른은 경유로 꼬박 17시간을 달려와야 하고 영어가 능숙하지 않으면 홀로 여행도 어렵다. (물론 가능은 하겠으나 재미가 다를 것이라 생각한다.) 어렵게 온 여행지에 이렇게 든든한 친구가 있으니 그 순간의 행복은 두 달이지만 단 몇 초의 꿈처럼 달콤했다. 그 꿈이 깨버릴까 무서웠던 나는 한국에 돌아가서도 계속 그 꿈을 이어 꾸기를 바랐다. 그래서 호주에서 옷을 샀다. 미친 듯이 샀다. 익히 아는 세계적인 브랜드도 있지만 우선 호주 브랜드의 옷이라면 우선 가게에 들어가고 봤다. 그중에서도 내가 헤어 나오지 못했던 곳은 'Danger Field'라는 곳이다. 말 그대로 위험지대였다.

댄저 필드에는 독특한 옷이 많았다. 옷에 옷핀이 마구 끼워져 있거나 망사로 된 옷들부터 요상한 버섯 프린팅이 전신을 덮고 있는 옷도 있었다. 이 옷 저 옷, 가리지 않고 입어보다가 가죽 자켓, 인조 모피 숏코트, 스웨터와 골덴 바지를 색깔별로 구매했다. 덕분에 한국으로 돌아오던 날 택배 박스를 몇 통이나 보냈는지 모른다. 해외 배송비만 40만 원이 넘었으며, 내가 가져갔던 캐리어로는 부족하여 호주에서 알게 된 친구가 자신의 캐리어까지 무료로 선물했으니 대체 얼마나 옷을 샀는지 말은 다 했다.

보따리장수가 아니냐며 웃어넘기지만 당시 쓴 금액으로는 향후 5년간 겨울옷 쇼핑 금지령을 내린다. 호주에서 돌아온 뒤 한국은 서서히 가을이

되고 있었다. 가을은 왔다 간 흔적도 없이 추워지는
데 호주에서 산 겨울옷들을 하나씩, 하나씩 꺼내 입
는다. 그럼 이 옷을 샀던 덴져 필드와 대체 언제 집
에 가냐는 듯 쳐다보던 덴져 필드의 점장, 골덴 바
지의 착용감이 미쳤다며 어쭙잖은 영어로 환호하
던 나에게 자긴 그 바지 똑같은 거 세 개 사놨다며
우쭐하던 알바생의 얼굴도 여전히 훤하다.

겨울이 한 번 지나갔고 호주를 다녀온 뒤 벌써
두 번째 겨울을 맞이한다. 이 글을 쓰는 지금도 나
는 갈색 골덴 바지를 입고 앉아있다. 내일은 오랜만
에 가죽 자켓을 걸치고 바깥나들이를 가야겠다. 나
는 그럼 여전히 멜번 플랫화이트가 맛있는 카페테
라스에 앉아 있게 된다. 미련이 많은 사람이라 옷을
사고 그 옷은 나를 아직도 여행하게 한다. 아이 러
브 멜번 그 흔한 관광지 티셔츠가 그렇듯 말이다.

° 여행에는 반드시 끝이 있으니까,
  다시 원래의 자리로 돌아가야 하는 것이
  여행이니까 말이다.

° 미련이 많은 사람이라 옷을 사고
  그 옷은 나를 아직도 여행하게 만든다.

김의 빨간 스웨터

'물건에는 죄가 없지, 애틋하게 사랑했던 우리가 헤어졌을 뿐.'

이 : 언니, 그 빨간 스웨터는 얼마나 입었어? 소매가 많이 닳았네.

김 : 오 년은 넘었어. 매년 겨울에 옷을 하나씩 사들여도 꼭 입게 되는 건 이 옷이야. 분명 자주 손이 가는 옷이 있어. 옷장 귀신이 이 옷에만 불을 켜서 보여주는 것 같아.

이 : 맞아. 옷걸이가 부족할 정도로 옷은 넘쳐나는데 손이 가는 것만 입어. 근데 그 스웨터는 어디서 산 거야?

김 : 선물 받았어. 크리스마스 선물. 남자친구가 준 건데 사실 비싼 선물도 내 취향 아니면 몇 번 안 입게 되잖아. 다 똑같이 생긴 상의도 미세하게 내 체형에 따라 다른 거 알지? 근데 이건 어디 맞춤으로 산 것처럼 어깨선이며 소매 길이까지 딱 내 거

야. 스웨터인데 부해 보이지 않는 핏에 이 스웨터 하나 때문에 겨울이 기다려지기도 한다니까.

이 : 아니 그러면 기분이 어떨까?

김 : 뭐가?

이 : 언니 전 남자친구가 길을 가다가 우연히 언니를 봤어. 근데 '어라? 내가 그때 사준 스웨터를 오 년이 지난 아직도 입고 다니네?' 물론 아직 미련이 남았으리라곤 생각하지 않겠지.

김 : 그래, 그건 너무 갔지.

이 : 알아. 아니 근데 또 아무렇지 않을 수는 없을 것 같은데, 언니는 생각해 봐. 언니도 사귀면서 선물 많이 했을 거잖아. 근데 그게 스피커, 이어폰 이런 거랑 옷은 또 느낌이 달라. 옷은 온종일 살에 닿는 물성이라 그런 걸까? 내 몸을 품는다는 것, 소중한 곳을 가린다는 것, 나를 보호한다는 것 뭐 그런 거 말이야.

김 : 오~ 너 지금 의미 부여 좀 심한데? 난 실제로 전 애인이 내가 준 옷이나 신발을 아직 걸치고 다니는 걸 보면 처음엔 '오?' 싶다가도 '에이, 뭐 엄

청나게 마음에 들었나 보네. 쟤는 취향 한결같네.'
정도로 지나갈 거 같아. 지나가 버린 시간에는 힘이
하나도 없더라. 물건에 무슨 죄가 있겠어. 헤어졌다
고 버리는 것도 엄연히 환경오염 아니냐고.

　　이 : 오~ 언니 대자연 지구촌세상 환경까지 걱
정해? 의미 부여 좀 심한데?

　　김 : 애틋하게 사랑했다 헤어진 연인들이 서
로 주고받은 물건이 게다가 옷이나 신발이나 장신
구나 세상에 그런 게 얼마나 많겠냐. 다 그냥 다음
사람한테 모른 척 숨기기도 하면서 아끼니까 입고,
신고, 걸치고 하는 거지 뭐. 물건에는 죄가 없고 사
랑했던 사람들이 헤어졌을 뿐이야.

　　이 : 한 번 묻은 추억이 그 옷에서 아예 사라지
는 것도 아닐걸?

　　김 : 추억마저 사랑해야지. 아니다, 추억보다
는 그냥 그 옷이 좋아서 입는 거야. 그냥 그런 걸
로 하자.

　　이 : 에이. 자기 마음이 뭔지도 잘 모르는구나. 그
래, 스스로를 속이며 살 때가 편하지. 안 그래 언니?

김 : 오~ 너 의미 부여 또 심한데? 이 스웨터 하나로 무슨 스스로를 속이는 것씩이나 생각하니? 일요일에 뭐 해 너. 겨울옷이나 좀 사러 가자. 입을 게 없네.

김은 과연 그 스웨터의 원단과 사이즈가 꼭 자기에게 맞아서 찾게 되는 것인지, 추억의 향기를 자꾸만 맡고 싶었던 것인지 처음으로 스스로 질문했고 입을 옷이 없다며 겨울옷을 잔뜩 사고는 그해 겨울부터 스웨터를 찾지 않겠노라 다짐했다. 이듬해 겨울, 김에게 빨간 스웨터는 얼마나 손에 잡힐까.

"물건에는 죄가 없고
사랑했던 사람들이 헤어졌을 뿐이야."

청지 미니 원피스

그날의 데이트를 망친 것은 모두 '청지 미니 원피스' 때문이라고 했다. 얇은 청지 원단으로 신축성이 워낙 좋아 잘 늘어나면서도 몸에 딱 달라붙어 곡선을 드러내기 좋았다. 드러내기 좋은 옷은 드러내기 좋은 몸매를 가져야만 가치 있다고 믿었는데, 믿고 있던 신념과 다르게 볼록 튀어나오는 옆구리 살과 아랫배를 고스란히 드러내면서도 청지 미니 원피스를 포기하지 않았다.

어떤 옷은 약속 전날부터 내일 입을 옷으로 정해두고 자도 마음이 편안하다. 언제, 어떻게 입어도 나와 찰떡처럼 잘 어울릴 거라는 걸 알기 때문이다. 그런데 어떤 옷은 집에서 나서기 직전까지 옷장과 침대 위를 난장판으로 만들면서도 끝까지 고민하게 된다. 이걸 입었다가 또 저걸 입었다가, 이 바지 위에 입어봤다가 저 치마 위에 입어본다. 그리고 다시 처음 생각했던 옷으로 돌아가지만 거울 속에 비친 모습은 땀이 송골송골 맺혀 머리가 부스스해진 꼴뚜기 모양이다.

우리는 아직 사귀는 사이가 아니라 서로를 알아가는 사이의 간지러움이 있었다. 서로에게 특별한 사람이 되기 위해 한껏 자신을 부풀리고 좋은 것만 보여주고 싶을 때가 딱 그때다. 아무래도 겉으로 보이는 것들이 큰 역할을 한다고 믿었는데, 그래서 더 외적인 것에만 잔뜩 신경을 쓰고 약속에 나갔다.

청지 미니 원피스에 검은색 긴 목양말을 신고 반스 운동화를 신었다. 불룩 튀어나오는 아랫배는 한껏 힘을 주면 될 거니까 호흡이 달려도 잘 참으면 된다고 주문을 걸었다. 하지만 브래지어 아래로 볼록 튀어나오는 옆구리 살까지는 호흡으로 어떻게 되는 것이 아니었다. 제발 이 남자가 흐린 눈이 되어 옆구리까지는 자세히 보지 않기를 바랄 뿐이었다. 나의 온 신경은 내 옷과 몸으로만 향했다.

우리는 작은 유원지에서 놀이기구를 두 개쯤 탔고 사람들이 모인 곳에서 어르신들의 노래 솜씨를 감상했다. 조악한 대관람차 안에서는 낭떠러지 아래 낯선 도시의 광경을 불안과 설렘으로 지켜보았다. 심신이 지쳐갈 때쯤 영화관에 갔고 그가 예매한 영화 장면에는 방금 우리가 타고 온 대관람차가 나왔으며 우리가 거닐었던 작은 유원지가 나왔다. 데이트 일정을 짜면서 이 장면까지 계획한 그의 면밀함에 제법 반하기도 하였다. 영화가 끝나고 간단히 식사를 했는데 언제부터인지 딱 짚어지지 않을 정도로 둘 사이에 오묘하게 바뀌어 버린 공기를 알아차렸다. 설렘이 불편함으로 불편함은 지겨움으로 빠르게 변해갔다.

몇 번 시계를 보다가 말이 없어지고 어서 헤어지자고 종용하는 공기. 그와 어떤 마지막 인사도 없이 다음에 또 만날 것처럼 하고는 얼떨결에 집으로 돌아왔다. 현관 전신거울에서 나를 마주했을 때 내가 너무도 미웠다. '이 원피스는 왜 이렇게 길이도 어정쩡하지? 청지 원단이 왜 저렴해 보이지? 내 아랫배는 왜 이렇게 잘 드러나는 거야? 양말은 또 왜 검은색으로 신었을까. 그래서 그랬겠다. 이 모든 게 원피스 때문인 거야.'

인간이 궁지에 몰렸을 때 가장 탓하기 쉬운 것은 먼저 남, 타인일 것이고 그다음은 환경과 나의 외적인 요소들일 것이다. 나는 상대보다 스스로에게서 이유를 찾기 시작했고 탓하기 좋은 옷에다 괜한 화풀이를 해버렸다. 괜히 거절당한 그 멋쩍은 기분을 내 성격이나 말과 행동에서 찾기가 자존심이 상해버린 것이다.

한참 시간이 지났다. 인연이 안 되려고 하면 죽여주는 옷을 걸치고 나가도 죽을 쏠 것이고 인연이 되려고 하면 구멍 난 거지꼴을 하고 나가도 짝짜꿍이 맞을 것이다. 청지 미니 원피스를 다행히 버리진 않았어도 한동안 손도 대기 싫었는데 어느 더운 여름날 시원하게 하나만 걸치고 쪼리를 신고 나갔더니 지금의 남자친구가 이야기하는 것 아닌가.

"그 옷은 처음 보네. 진짜 잘 어울리는데? 길이도 몸매가 드러나는 것도 너무 예쁘다."

남자친구의 사랑스러운 말에 우리는 어떤 옷보다 어떤 마음을 걸치고 살아야 하는지, 나는 갑자기 궁금해졌다.

° 나는 상대보다 <u>스스로</u>에게서 이유를 찾기 시작했고 탓하기 좋은 옷에다 괜한 화풀이를 해버렸다.

° 우리는 어떤 옷보다 어떤 마음을 걸치고 살아야 하는지, 나는 갑자기 궁금해졌다.

요넥스를 아세요?

모든 운동에는 그 움직임에 최적화된 기능성 옷이 있다. 수영에는 수영복, 헬스나 요가, 필라테스에는 보통 레깅스를 입는다. 테니스나 골프는 의류 시장이 그 운동만큼이나 고급화 되어있다. 본인이 하는 운동에 열과 성을 다해 빠져들수록 장비와 의류에 대한 욕심은 어김없이 커지고 만다.

나는 배드민턴을 취미로 하고 있다. 배드민턴을 친다는 말은 얼핏 들어 약수터나 공원에서 플라스틱 공을 들고 바람결에 따라 상대와 몇 번 주고받는 걸로 들린다. 그만큼 친숙하고 범국민적인 운동이라 할 수 있다. 하지만 생활체육으로서 지역 배드민턴 클럽에 가입하여 운동을 한다는 것은 그 모양이 상상하는 것과는 제법 다를 수 있다.

우선 배드민턴은 실내 운동이라는 점에서부터 알려진 것과 다르다. 테니스공은 무게가 있어 바람에 크게 좌우되지 않더라도 셔틀콕은 구기 종목 가운데 가장 가벼운 공으로써 거위 털로 만들어져 바람 때문에 원하는 대로 힘이 실리지 않는다. 그래서 실내에서 제대로 배드민턴을 즐길 수 있다. 한겨울 추위에도, 한여름 태풍과 비바람에도 높은 층고의 천장만 있다면 게임을 즐길 수 있는 것이다.

실제로 배드민턴을 치는 것은 손과 팔, 어깨가 하는 일 같아도 사실 배드민턴은 두 다리로 하는 운동이라 할 수 있다. 그만큼 다리의 스텝이 잘 이루어져야 하고 한 발자국만 느리거나 빨라도 공을 내가 원하는 대로 칠 수 없다. 그러니 한 게임만 제대로 하고 나면 온몸에 땀이 흥건하게 흘러내린다. 그래서 사계절 내내 얇고 짧으며 통기성 좋은 배드민턴복을 찾아 입는데, 그중에서도 가장 잘 알려진 브랜드는 요넥스다.

처음 배드민턴을 쳤을 때는 집에 굴러다니는 체육복이나 면으로 된 반팔 티셔츠를 입었다. 가끔은 레깅스를 입기도 했지만 팔을 들고 라켓을 휘두르니 상의가 올라가면서 민망한 상황도 여러 번이었다. 한두 시간 운동하고 나면 온몸에 땀이 흐르는데 흡수는 잘 되지만 물 먹은 듯한 면 재질은 무겁고 불편했다. 주변 고수들이 입는 옷은 어딘가 올림픽에서 선수들이 입을 법하게 부담스러웠고, 적당히 땀 배출이 잘 되는 옷을 찾아 요넥스 매장에 방문했다.

　수영장에 가면 초보들은 검은색 수영복만 입고 있듯이, 배드민턴 초보일 때 나는 펑퍼짐하고 검은색이거나 흰색인 반팔 티셔츠를 샀다. 바지도 제법 길거나 널널한 모양의 바지로만 장만했다. 신발도 말해 무엇하나. 인터넷에 검색하여 가장 저렴한 실내 배드민턴화를 구비했다.

　그렇게 1년이 지났다. 여러 대회에 출전하고 가끔 전국에서 열리는 지방 곳곳의 대회에도 출전한다. 실력은 아직 미미하나 초보티를 벗어가는 중이며 어제보다 오늘 조금 더 실력이 늘고 있는 내가 뿌듯하기도 하다. 실력이 느는 만큼 배드민턴 옷도 화려해진다. 국가대표 선수들이나 입는 거라고 근처에 가지도 않았던 선수용 경기복을 구매해서 입고 배드민턴용 치마바지를 사서 아래위로 상·하의를 매치해서 입는다. 더욱 재미를 더 하는 부분은 남자친구와 배드민턴을 함께 즐기니 옷을 커플로 맞추어 입을 수 있는 것이다.

"오늘 무슨 옷으로 맞춰 입을까? 요넥스? 아니면 스트로커스?"

그렇다. 배드민턴 의류 브랜드는 요넥스 말고 없는 줄 알았던 초보에서 이제 조금 지나와 보니 스트로커스, 핏썸, 테크니스트, 비트로 등 얼마나 예쁘고 멋진 브랜드가 있는지 알게 되었다. 아는 것이 많아지면 언제나 지갑은 고달파지는데, 배드민턴 양말까지도 하나하나 정성 들여 고르는 재미가 있어 단순히 운동하는 시간이 아니라 집에서 옷을 준비할 때부터 즐겁다.

일상에서 입는 평상복처럼 옷장을 열면 배드민턴 운동복만 수십 벌이 있는데 2023년 F/W 요넥스 의류 신상 알림이 오면 내 옷장은 텅 빈 것처럼 채우기 위해 달려간다. 왜 옷은 많은데 입을 옷이 없을까. 이왕이면 운동할 때 기능성에 충실하게, 또 이왕이면 기능이 좋으면서도 예쁘게 운동하고 싶다. 그럼 다음 대회 출전해서는 이길 것 같으니 말이다.

옷 하나도 선수의 퍼포먼스라고 믿는다. 지난 대회에서 어떤 남자 복식에 나온 선수 두 명은 상·하의가 똑같은 것은 물론 양말까지 똑같이 맞추어 나왔다. 가장 눈에 띈 것은 두 선수가 신발 사이즈까지 같은지, 신발을 오른쪽 왼쪽 바꾸어 신은 점이었다. (심지어 헤어스타일까지 똑같이 만들었다. 경기에 나오는데 헤어스프레이를 잔뜩 발라 2:8 가르마를 멋지게 틀었다. 얼굴이 둘 다 잘생긴 것은 덤이다.)

나 역시 다음 주에 대회를 나간다. 내 파트너와 상·하의까지 모두 세트로 맞추어 구매했다. 우리는 입을 옷이 충분했지만 우리의 기량을 퍼포먼스로 먼저 압도하기 위해 또 옷을 샀다. 분명 옷을 살 구실이란 것을 서로가 잘 안다. 아무렴 어떤가. 운동해서 즐겁고, 옷을 사니 더 즐거운 것을! 예쁘고 좋아서 즐거우면 그만인 것을!

아, 오늘도 뿌릴 향수가 없네.

어느 외국 배우에게 잘 때 무엇을 걸치고 자느
냐 물으니 '샤넬 향수'를 걸치고 잔다고 했던 대답
이 뇌 속 어디 깊은 곳에 장기 기억으로 저장되어
있다. 그만큼 일반적이지 않은 대답이었던 것이다.
걸치고 자는 것은 보통 섬유로 된 옷일 텐데 발가벗
은 채로 향수를 입고 잔다니, 섹슈얼하고 매력적인
대답으로 사람의 상상력을 자극했다.

향수를 좋아하는 나는 어릴 때 돈이 없어 미니
어처를 모았다. 스무 살, 성년의 날에 같은 학년 남
자친구는 아르바이트를 해서 미니어처 향수를 사
주었는데 다 쓴 공병을 아련하게도 오래 가지고 있
었다. 향은 어떤 시공간으로 사람을 데려가고 곁
에 없는 누군가를 만나게 하기도 한다. 성년의 날
에 그 친구가 사준 향은 마크제이콥스의 데이지인
데 길을 가다 우연히 그 향을 맡으면 나는 다시 스
무 살이 되고, 그 친구의 얼굴과 큰 키가 내 눈앞에

어른거린다.

그래서 한 번 깊게 각인된 향은 웬만해서 다시 사거나 찾지 않는다. 그 위에 다른 사람 또는 시공간이 덮이는 게 싫기 때문이다. 그 향은 그 하나의 추억으로 어느 방에 가두어 두는 것과 같다. 그리고 새로운 향을 찾아서 특별한 사람과 특별한 시간에 매치시키는 걸 좋아한다. 가령 다른 나라로 여행을 가거나 다른 지역에 꽤 오랜 기간 여행을 가면 안 맡아본 새로운 향수를 가져간다. 그 기간은 오로지 그 향수만 뿌리는데, 그렇게 지내고 와서 문득 어느 날, 그 향을 맡으면 나는 그곳으로 다시 돌아간다. 그만큼 향은 어느 시절에 벗길 수 없는 옷으로 단단히 입혀진다.

제주에서 두 달을 지내는 동안 불리 리켄데코스 향을 썼다. 호주에서 두 달을 지낼 때는 마르지엘라의 위스퍼 인 더 라이브러리 향을 썼다. 대학을 갓 졸업하고 나서 처음 니치 향수를 구매했을 때는 바이레도 라튤립을 샀는데 이 향을 맡으면 그때 당시 만났던 여러 친구의 얼굴이 지나간다. 물론 지금은 내 곁에 없는 사람들이다. 이외에도 논픽션 상탈 크림은 남자친구가 승진했을 때 '부장 향수'라며 작은 선물로 내밀었고, 향수를 거의 뿌리지 않는 그는 특별한 날이면 꼭 그 향으로 나를 설레게 한다.

향은 이야기를 담는다. 옷은 몸에 입히지만 향은 시간에 입히고 장소에 입히며 사람 얼굴에 입힌다. 애석하게도 유통기한이 있는 향수들이 오래 입히지 못하고 쓰임을 다 하며 죽어 간다. 그리고 나는 또 다른 무엇과 연결하기 위해 새로운 향을 찾아 떠나겠지. 죽을 때까지 새로운 향을 나의 무언가에 입히며 살고 싶다. '아, 오늘도 뿌릴 향수가 없네.'

손현녕

부산에서 지내며 낮에 글을 쓰고, 저녁에 아이들에게 국어를 가르칩니다. 불안이 삶의 동력이라 평온이 찾아들 때면 스스로를 불안의 한 가운데로 다시 몰아넣습니다. 마음의 밑바닥을 들여다보기 위해 글을 씁니다. 아무리 닦아보아도 마음 한 자락 스스로 헤아리기 어려워 자주 괴롭습니다. 마음의 더듬이가 길어 세사의 번뇌에 이리저리 흔들릴 때마다 글을 씁니다. 글을 모아 엮은 책은 <이토록 안타까운 나에게>, <나는 당신을 편애합니다>, <너무 솔직해서 비밀이 많군요> 외 다수가 있습니다.

당신의 옷장에는

어떤 이야기가 담겨 있나요?

아이고,
오늘도
입을 옷이 없네

Copyright ⓒ 2023, warm gray and blue

글

김현경

손현녕

송재은

초판 1쇄 펴냄 **2023년 11월 10일**

기획 **웜그레이앤블루**

편집 **송재은**

디자인 **김현경**

펴낸곳 **warm gray and blue (웜그레이앤블루)**

이메일 **warmgrayandblue@gmail.com**

인스타그램 **@warmgrayandblue**

출판 등록 **2017년 9월 25일 제 2017-000036호**

ISBN **979-11-91514-26-1(03810)**